護身符的故事

THE STORY OF THE AMULET
EDITH NESBIT

伊迪絲・內斯比特 著
朱曾汶 譯

伊迪絲·內斯比特的作品，一直是我行文風格臨摹的對象，她筆下的童話故事永遠是浩瀚無垠且趣味橫生的神奇世界！她是我最欣賞的兒童文學作家。

——《哈利·波特》作者J·K·羅琳

內斯比特以超凡的想像力，將魔法世界與現實結合得渾然一體。

——《紐約時報》著名圖書評論家　彼得·格拉斯曼

妖精的墮落不是兒童文學的墮落。與其說是妖精被插入了孩子的日常世界，還不如說，妖精開始大舉進犯孩子的日常世界，是兩個世界的相互擴張。

——日本兒童評論家　安藤美紀夫

伊迪絲·內斯比特不僅是英國兒童文學史上第一個黃金時代的巨星，也是20世紀兒童文學的偉大源泉。

——日本《英美兒童文學》評論

前言

這部《護身符的故事》。主人公還是《砂之精靈》裡的四個孩子和那個沙米亞德！爲什麼少了一個孩子呢？因爲他們的母親去外地休養，把最小的弟弟帶走了。這一回，這四個兄弟姐妹寄住在倫敦一位老保姆家裡。有一次，他們在寵物商店偶然遇到了分別一年的沙米亞德，它正可憐巴巴地等著被賣掉。於是，他們把它救了出來。孩子們希望沙米亞德能像過去那樣實現他們的願望，讓他們的爸爸、媽媽和小弟弟早日回家。可是這回辦不到了，因爲在《砂之精靈》那部故事的結尾，當沙米亞德救他們擺脫困境的時候，他們保證過不再向沙米亞德提出任何願望要它實現。沙米亞德於是介紹他們去買一個有魔法的護身符，沒想到買來的護身符只有半個。半個護身符實現不了他們的希望，但可以帶他們到任何地方去。

於是，他們憑藉這半個護身符去尋找另外半個護身符，又開始了他們的歷險——回到「過去」。他們去的地方很多，有八千年前的遠古埃及和後來的古埃及，有兩千五百年前的巴比倫，有早已沉入海底的亞特蘭提斯，有公元前55年的不列顛和高盧，有以染布聞名於世的古推羅。有一次，他們還到了未來的倫敦……　等到他們終於找到完整的護身符，當然，他們的願望也會實現。而魔法卻向著更神祕的世界延伸……

伊迪絲・內斯比特（一八五八—一九二四），英國著名兒童文學女作家。三歲時，父親去世。她先後在法國、德國和英國接受教育。

一八七六年她十七歲的時候，第一首詩發表在雜誌上。伊迪絲一生經濟拮据。一九一五年，由於她在文學上的成就，英國政府發給她養老金。

伊迪絲兒童文學創作大體分兩類：一類是小說，寫現實生活的家庭冒險故事，代表作是描述關於巴斯塔布爾一家的《尋寶六人組合》、《闖禍的快樂少年》、《想做好孩子》三本書以及《鐵路邊的孩子們》，這類作品兒童性格刻畫鮮明，家庭生活描寫眞切動人；另一類是童話、神奇故事，代表作有《砂之精靈》、《魔法城堡》、《鐵路邊的孩子》以及《護身符的故事》等。這些故事懸念重重、曲折離奇、想像豐富，卻理趣結合，給孩子以如臨其境、眞實可信的感覺。

伊迪絲一直對她寫給大人看的文學作品充滿了自信，特別是詩歌，萬萬沒有想到，使她獲得國際聲譽的卻是她的兒童文學作品，它們已經成了兒童文學的經典作品。

目錄

獻給

大英博物館　沃利斯·巴奇博士

對他在本書寫作過程中，給我無微不至的關懷和幫助略表感激之情！

走上台階去覲見王后

1 沙米亞德

以前啊有四個孩子，他們在一所白屋子裡過暑假，這所白屋子恰好坐落在一個沙坑和一個白堊岩礦坑中間。有一天，他們碰巧在沙坑裡發現了一樣奇怪的動物。牠的眼睛像蝸牛的眼睛一樣生在長長的觸角上，能夠像望遠鏡一樣縮進伸出。牠的耳朵像蝙蝠的耳朵。牠的圓滾滾的身體像蜘蛛，上面長滿了濃密的軟毛，牠的手腳就和猴子的手腳一樣。牠告訴四個孩子說——四個孩子的名字叫西里爾、羅伯特、安西雅和珍——它是沙米亞德或砂之精靈。它非常非常老，牠的生日幾乎就在開天闢地那一陣子。牠埋在沙裡已經說不清有多少個年頭了。但是牠仍然保持著它的仙氣，一部分仙氣就在於：人們想要什麼，牠就能給他們什麼。你知道，仙人向來是有這種本領的。西里爾、羅伯特、安西雅和珍發現他們的願望一個個都實現了，可是，不知爲什麼，他們總是想不出一個最最合乎心意的願望，事實上，他們的各種願望到頭來總是落得一個非常古怪的下場。他們最後的一個笨願望使他們處於羅伯特所謂「一個非常難堪的境地」，沙米亞德同意幫他們走出困境，條件是他們答應以後永遠不再要求牠實現他們更多的願望，而且絕對不把牠的存在告訴任何人，因爲牠不願再花力氣使任何人的願望獲得實現。在分別的時候，珍很有禮貌地說：

「希望有朝一日我們能和你再見。」

沙米亞德被這個友好的念頭感動了，就滿足了他們的願望。那本描寫所有這一切的書就叫《砂之精靈》❶，它的結尾是這樣的——：

「孩子們眞的又見到了沙米亞德，但不是在砂石場，而是一個非常非常特別的地方，那裡是——」

其所以再沒有什麼可以說的了，是因爲我當時無法確切地知道孩子們什麼時候、什麼地方能再和沙米亞德見面。當然我知道他們會和牠見面的，因爲牠是隻說話算話的怪獸，牠如果說會發生一件事，那件事就肯定會發生。這和那些告訴我們下星期四倫敦、南海岸和英吉利海峽將會是什麼天氣的人比起來，情況是何等不同啊！

那個發現了沙米亞德並且說出了願望的暑假是在鄉下度過的，孩子們迫切希望明年夏天也能有這樣美好的假日。寒假過得愉快，是因爲《火鳥和魔毯》中發生的種種稀奇古怪的事件，這兩樣寶物的喪失本來會使孩子們灰心失意，全靠明年在鄉下過暑假的美妙希望才使他們不致於這

❶《砂之精靈》以及下面的《火鳥和魔毯》是本書作者的另外兩部童話小說。

樣。他們覺得，而且確實有理由覺得，世界是充滿了不可思議的事件的——而不可思議的事件確實會發生在他們這些人身上。因此他們伸長頭頸盼著暑假到來；但是暑假眞的到來了，情況卻完全變了，變得非常可怕。爸爸要出國到滿洲去，把他採訪的戰爭消息用電報拍一張給他撰稿的報紙，這張討厭的報紙叫《每日吼叫》什麼的。媽媽，可憐的親愛的媽媽，遠在馬德拉群島❷，因爲她病得很厲害。小弟弟——我是指嬰兒——和她在一起。愛瑪阿姨——她是媽媽的妹妹——突然嫁給了雷濟諾德叔叔——他是爸爸的弟弟——他們雙雙到中國去了，中國實在太遠了，所以，無論阿姨和叔叔多麼疼愛你們，總不能指望他們會帶你們到那兒去度假呀。所以啊，四個孩子就被托給老保姆照管，老保姆在費茨羅伊街，就在大英博物館附近，儘管她一向待他們非常好，簡直把他們慣壞了，四個孩子都感到不幸極了，當馬車載了爸爸連同他所有的箱子、槍支、羊皮、毛毯和鋁餐具駛去時，最鐵石心腸的人也感到心酸，女孩們整個的垮了，互相摟抱著抽抽答答地哭，男孩們各自以客廳的長窗裡向外望著，竭力裝出沒有一個男孩子會膽小得哭的樣子。

我希望你們注意到，他們的膽子其實並不小，在爸爸走以前，他們並沒有哭出來；他們知道，即使不哭，爸爸也已經夠難受了。但是等爸爸一走，每個人都忍不住放聲大哭起來了。

下午點心吃蝦和水芹，這使他們心情稍稍好了一點。水芹繞著一只大肚子玻璃鹽瓶排列成一

---

❷馬德拉群島：大西洋中一個島，屬葡萄牙，位於非洲西北部的自治區。

圈，這種高雄的布置他們以前從未見過。不過這頓點心還是吃得不開心。

吃過點心，安西雅上樓到曾經是爸爸的房裡去，她看見爸爸不在的景象是多麼淒慘，想到爸爸每一分鐘離她越來越遠，離俄國人的砲火越來越近，就又哭了起來。接著她又想起了生病的媽媽，一個人孤零零地躺著，也許在那個當口正需要一個小女孩在她頭上抹點科隆香水❸，給她倒點兒茶，她就哭得更加厲害了。哭啊哭的，她忽然想起了媽媽臨走前一夜對她說的話，說安西雅是最大的女孩，應該盡力使弟弟妹妹快活，還對她說了一些諸如此類的事情，於是她就不哭了，相反地動起腦筋來了。她動了好一會兒腦筋，累了，就擦了把臉，梳了一下頭髮，下樓到弟弟妹妹那兒去，竭力裝得她甚至都沒有聽到這哭鼻子這碼事。

她發現客廳裡死氣沈沈，儘管羅伯特爲了消磨時光，正在揪珍的頭髮——揪得不輕不重，剛好達到戲弄的目的——可是氣氛絲毫也沒有顯得輕鬆點。

「大家聽著，」安西雅說：「咱們來聊聊吧。」

這句話要追溯到去年可怕的一天，那天西里爾漫不經心地表示希望英國有北美印第安人，而果然有了。這句話使大家想起了去年暑假的情景，每個人都發出表示不滿的哼哼聲；他們想起了那幢白色的屋子，有一個美麗的花園，花園裡盛開著玫瑰花、紫菀花、木犀花，還有婀娜多姿的

---

❸科隆香水：德國科隆地方生產的一種化粧水。

文竹。花園十分空曠，有人曾打算把它改建成一個果園，但現在，照父親說，僅僅是「五英畝大，小櫻桃樹的幽靈在其中出沒。」他們想起了山谷那邊的景色，那兒的白堊岩土採掘場在陽光下就像阿拉丁❹的宮殿。他們也想起了他們自己的沙坑，沙坑邊緣上長滿了發黃的草和莖杆纖細的野花，想起了懸崖裡一個個小洞，那是小小的崖沙燕的小小的前門。他們想起了散發著麝香草和野薔薇香味的新鮮空氣以及從村舍飄來的木紫煙的氣味。

他們環視了一下老保姆的悶熱的客廳，珍就開口了：

「唉，這一切真是大不一樣啊！」

真的是大不一樣。在父親叫老保姆照顧四個孩子之前，老保姆的房子一直是租給人家寄宿的。她的房間是附有家具「出租」的。奇怪的是，而今似乎人人都給房子裝備家具供自己居住，再沒有一個人給房子裝備家具供出租了。這個房間裡掛著厚厚的深紅色窗簾——血在這種顏色上不會留下任何污跡——裡面一層是粗網眼花邊。地毯是黃和紫的，有些地方露出灰色和棕色的油布。壁爐裡面有鉋花和金屬片。一只帶鏡子的桃花心木餐具櫃，漆得光亮，上面的鎖已經失靈。好幾把硬椅了，座墊上的鉤編套子已經破了，而且椅子的斜度都不對頭。桌子上罩著一塊墨綠色

---

❹阿拉丁：神話《一千零一夜》中找到神燈和魔指環並且用它們來召喚神怪照他的命令做事的少年。

的台布，四周有黃顏色的繡花圖案。壁爐高頭有一面鏡子，使你變得比眞正的你難看得多，無論開頭照出來是多麼晴淅。另外還有一塊壁爐台板，鋪著茶色絲絨以及絲絲不相稱的羊毛流蘇；一只破舊的鐘像一個黑大理石的墳，而且像墳一樣寂靜無聲，因爲它早就忘了怎樣滴滴答答地走了。花瓶裡從來不插花，一只色彩鮮明的鈴鼓以前沒有人玩過，油漆過的壁架上空無一物。

鑲在楓木鐘框裡的女王肖像，
議會兩院、天堂樂土，
還有一個扁鼻子樵夫悠然歸來。

有兩本書——一本是去年十二月份的火車時刻表，還有一本是普拉姆裡奇的《帖撒羅尼迦書評述》。另外還有——可是這個令人痛心的景象我不能再描繪下去了。它的確像珍所說，大不一樣。

「咱們來聊一會兒吧。」安西雅又說了一遍。

「聊什麼呢？」西里爾打著呵欠問。

「沒什麼好聊的。」羅伯特說，一邊悶悶不樂地踢著桌子腿。

「我不想玩！」珍說，她的語調是含著怒氣的。

安西雅竭力不發脾氣。她總算做到了。她說：

「大家聽著。你們不要以爲我想要訓人或者蠻不講理，可是我要像爸爸所說把形勢分析一下。你們同意嗎？」

「那就講吧！」西里爾陰陽怪氣地說。

「好。大家都知道，我們所以住在這裡，是因爲頂層住著一個窮學者，保姆離不開家。而爸爸除了她以外，又找不到另一個人來照顧我們——你們知道，媽媽到馬德拉群島去治病要花很多錢。」

珍悶悶不樂地哼了一聲。

「是的，我明白，」安西雅急忙聲明：「不過，我們不要以爲這一切有多麼可怕。花錢多的事情我們做不了，可是我們總得做些什麼。我知道，倫敦有許多東西可以一飽眼福，一個錢也不用花，我想我們可以去看一下。我們都已經大了，小弟弟又不在——」

珍哼得更厲害了。

「親愛的，我意思是說誰也不能因爲小弟弟的緣故而說『不』。我想我們一定要讓保姆明白我們都已經大了，她應該讓我們自個兒出去，要不然我們就永遠沒有機會了。我提議，凡是可看的東西都去看一看，首先要保姆給我們一點面子。我們上聖詹姆斯公園去玩。那兒有鴨子，我們可以餵牠們。只不過我們一定要叫保姆讓我們自個兒去。」

「自由萬歲！」羅伯特說：「可是她不會答應的。」

「她會應答的。」珍出其不意地說。「這件事我今天早晨想過，我也問過爸爸，他說可以的；他還對老保姆說我們可以去，只不過他說我們每次都一定要說清楚我們要上哪兒去，要是沒問題，她會讓我們去的。」

「爲考慮周到的珍歡呼一下，」西里爾嚷道，終於從呵欠連天的失望狀態中振作起來了。「咱們這就走吧。」

於是他們就走了，老保姆只關照他們過馬路千萬要小心，在比較複雜的情況下要請警察幫助。不過穿越馬路對他們來說是家常便飯，因爲他們本來住在卡姆登市，對肯迪什街很熟悉，在那條街上，車輛一天到晚橫衝直撞，好像巴不得從你身上壓過去似的。

他們說好天黑前回家的，可是那是七月，天黑得很晚，一直要到就寢時間過去好久才黑下來。

他們向聖詹姆斯公園出發了，他們所有的口袋裡都塞滿了碎麵包和烤麵包屑，打算用來餵鴨子。我再說一遍，他們出發了，可是他們永遠沒有到達目的地。

在費茨羅伊街和聖詹姆斯公園之間，有許多條街，如果你走的那條路是對的，你會經過許多店鋪，不由得你不停下步來觀看。有幾家店鋪的櫥窗裡陳列著金線帶、珠子、畫片、珠寶、服裝、帽子、牡蠣和龍蝦，孩子們停下來看，他們的憂愁似乎並不像在費茨羅伊街三百號客廳裡那樣幾乎是難以忍受的。

羅伯特被推選爲隊長（因爲兩個女孩以爲當隊長對他有好處，他本人確實也這麼以爲，西里爾當然不能反對，因爲這樣的話人家會以爲他嫉妒），在他的帶領下，他們碰巧來到一條十字形交叉路，這條路上有最最好玩的店鋪——出售小動物的店鋪。有一家店鋪的櫥窗裡放滿了籠子，裡面有各種各樣美麗的鳥。孩子們剛開頭高興死了，後來突然想起他們曾經有一次希望自己也生一對翅膀，而果然，生出了翅膀——他們覺得如果生翅膀的東西被關在籠子裡不准飛，一定最最不快樂，想到這裡，他們就又不高興了。

「做一隻籠中鳥一定最最不開心，」西里爾說。「咱們走吧！」

於是，他們就走了，西里爾絞盡腦汁要想出一個辦法，好讓自己在克朗代克❺淘金發一筆財，然後把天底下所有關在籠子裡的鳥都買下來，放牠們自由。接著，他們來到一家貓店，可是貓都是關在籠子裡的，孩子們不得不希望哪一個仁人君子會把所有這些貓都買來，把牠們放在壁爐前地毯上，那是最適宜貓呆的地方。接著他們又來到一家狗店，這個地方也叫人看了不舒服，因爲所有的狗都用鍊子栓著，用籠子關著，大狗小狗，全都用憂鬱的、祈求的目光望著四個孩子，乞憐著搖著尾巴，好像想要說：「把我買下吧！買吧！買吧！讓我跟你們一起去溜達啊，把

---

❺克朗代克：加拿大西北部克朗代克河周圍的河谷地區，一八六九年發現金礦，曾引起淘金熱。

我買下吧，把我可憐的弟兄們也一同買下吧！買吧！買吧！買吧！」它們發出低哀的鼻聲，就像清楚地在說：「買吧！買吧！買吧！買吧！」只有一條大愛爾蘭獵狗除外，珍輕輕撫拍牠的時候，牠發出低沈的咆哮聲。

「嗚嗚嗚，」牠用眼角瞅著孩子們，彷彿在這樣說：「你們不會買我的。誰都不會的——我將被鏈子栓著死去——早死晚死我都不在乎！」

所有這一切孩子們本來是不會理解的，但是他們曾經在一個被圍困的城堡裡呆過，因此他們懂得，你想到外面去而偏偏出不去，這種滋味是多麼難受！

他們當然一條狗也不能買。他們確實問了一條最小最小的狗的價，要價是六十五英鎊——因為那是一隻日本玩賞狗，就像女王還只是韋爾斯公主時曾經有一次抱在手裡讓人家給她畫像的那條狗。可是孩子們心裡想，最最小的一條狗也要這麼多錢，那最大的狗就得幾千鎊——所以他們趕緊拔腳走了。

他們沒有再在任何一家貓店、狗店或鳥店前停步，而是逕直從牠們前面走過，最後他們來到一家店鋪，這家鋪似乎只賣對自己呆在什麼地方不大在乎的動物——比方金魚和白老鼠、海葵和其他水族館生物、壁虎和癩蛤蟆、刺蝟和烏龜、家兔和豚鼠等等。他們在那兒停留了很久，從籠柵欄裡餵麵包屑給豚鼠吃，一面尋思有沒有可能在費茨羅伊街屋子地下室裡養一隻淡茶色的垂耳兔。

「我想老保姆不大會反對的，」珍說。「兔子最聽話了。我想牠會認得她的聲音，跟了她到處跑。」

「她一天會被它絆倒二十次，」西里爾說：「還是養條蛇呢——」

「這兒沒有蛇，」羅伯特急忙說：「再說，不知為什麼，我一點都不喜歡蛇。」

「蟲也一點不討人喜歡。」安西雅說：「比方鰻鱺、鼻涕蟲什麼的——我想那是因為我們不喜歡沒有腳的東西。」

「爸爸說蛇是有腳的，不過腳是藏在身體裡的。」羅伯特說。

「是啊——他還說我們也有尾巴藏在身體裡——不過這說明不了什麼。」安西雅說：「我討厭沒有腳的東西。」

「太多腳比沒有腳更糟，」珍哆嗦了一下：「比方蜈蚣！」

他們站在人行道上，給過往行人帶來不便，就這樣藉著談話消磨時光。西里爾把胳膊肘撐在一只籠子的頂上，當他們逐個地察看許多籠子組成的大廈時，這個籠子好像是空的，可是，當他正在想法子引起一隻把身體蜷成一團刺蝟的興趣時，就在他胳膊肘下面一個又輕又小的聲音說話了，平靜、清晰和明白的話——不是必須翻譯的吱吱叫或哀鳴，而是標準的日用英語：

「買我——請買我！」

西里爾好像被人擰了一把，嚇了一大跳，從籠子旁跳開足足有一碼遠。

「買我，請買我！」

「回來——啊——回來！」那聲音說，比開頭響了點，但仍然很輕。「蹲下來，假裝繫鞋帶——我看見你的鞋帶照老樣子又鬆開了。」

西里爾下意識地服從了。他把一個膝蓋跪在灼熱乾燥、灰塵彌漫的人行道上，向黑呼呼的籠子裡面窺探，發現和自己面對面的竟是——沙米亞德！

沙米亞德好像比他上次看到時瘦多了。牠渾身骯骯髒髒的，皮毛邋里邋遢的。牠的身體髒兮兮地縮成一團，蝸牛般的長眼睛縮得很進，幾乎一點都不露在外面。

「聽著，」沙米亞德說，口氣彷彿馬上要哭出來了。「我想這家店的老板賣我要價不會很高。我咬過他不止一次，而且盡量使自己看上去不起眼。我的漂亮至極的眼睛從未向他瞅過一眼。告訴別的孩子我在這裡——不過當我跟你說話的時候，叫他們眼睛不要看我，要看那些低賤的畜生。決不能讓裡面那個傢伙以爲你們對我很看重，否則他開的價你們絕對吃不消。我記得，在去年夏天那些美好的日子裡，你們身上從未有過很多錢。——想不到看見你們會這麼高興。」牠吸了一下鼻子，兩隻蝸牛般的長眼睛彈得很出，讓一滴眼淚落在皮毛外面。「告訴別的孩子我在這裡，然後我會告訴你用什麼方法把我買下。」

西里爾把他的皮鞋帶牢牢地打了個結，站直身子，用堅定的聲調對另外幾個孩子說：

「聽著，我不是在開玩笑，我是在向你們的榮譽呼籲——」在這個家族裡，呼籲向來是管用的。「你們別朝這個籠子看，要朝那隻白老鼠看。不管我說什麼，你們都不要朝這個籠子看。」

他站在籠子前面防止出錯。

「現在，大家準備好聽一件意想不到的事。在這個籠子裡，有一個我們的老朋友——別看！——是的，牠就是沙米亞德，好樣的老沙米亞德！牠要我們把牠買下。牠叫你們別朝牠看。你們一邊朝白老鼠看，一邊數錢！你們要用榮譽擔保不看！」

另外幾個孩子體面地照做了。他們死死盯住白老鼠看，看啊看的，一直看得牠怪不好意思的，走到這麼一個角落裡在後腿上坐下，用前爪遮住眼睛，假裝在洗臉似的。

西里爾又蹲下身來繫另一根鞋帶，聽沙米亞德進一步指示。

「到裡面去問問其他許多東西的價，」沙米亞德說，「然後對老板說，『那隻斷了尾巴的猢猻——倒數第三個籠子裡那隻邋里邋遢的老東西要賣多少錢？』啊，別在乎我的感情——就叫我邋里邋遢的猢猻好啦——爲了裝得像，我已經花了不少力氣啦！我想他不會漫天要價的——自從我前天來到這裡，我已經咬過他十一次。要是他的價你們擔負不起，你們就說希望有這麼多錢。」

「可是，你不能讓我們提什麼願望啊。我已經保証過永遠不再向你提願望。」西里爾不知所措地說。

「別傻啦，」沙米亞德用顫抖然而親熱的語調說，「算一算你們大家一共有多少錢，然後照我說的去做吧。」

西里爾用一個僵直的手指指著白老鼠，假裝他的舌頭被牠的魅力攝住了，把情況向另外幾個孩子解釋清楚，沙米亞德則蜷縮起身體，盡力使自己顯得一點不討人喜歡。

於是乎，四個孩子排隊走進了店鋪。

「那隻白老鼠要多少錢？」西里爾問。

「八便士。」這是回答。

「豚鼠呢？」

「十八便士到五先令，看品種而定。」

「壁虎呢？」

「每隻九便士。」

「癩蛤蟆呢？」

「四便士。噯，你們聽著，」所有這些籠中動物主人突然惡狠狠地說，四個孩子急忙退到沿店鋪板壁排列著的籠子前。「我開了這家店，不是讓你們來把整個地方兜底翻過來，問每一樣西的價錢尋開心的！你們要買的話，就得做出買的樣子，我還從來沒有碰到過一個顧客，老鼠、壁虎、癩蛤蟆、豚鼠統統都要。你們給我滾吧！」

「啊，慢來，」不幸的西里爾說，覺得他把沙米亞德的指示執行得十分笨拙，可是又恰到好處。「我只要求你再告訴我一件事。倒數第三個籠子裡那隻邋里邋遢的老猢猻你要多少錢？」

店主把這句話又當做侮辱，他說：

「你自己才是一隻邋里邋遢的小猢猻。快給我滾吧！」

「啊，別發那麼大火，」珍完全慌了，「你難道看不出他真的想知道價錢嗎？」

「啊！原來如此，」店主冷笑著說，然後猜疑地抓抓耳朵，因為他是個精明的生意人，他一聽見珍的話就知道裡面有文章。他的一隻手用繃帶包紮著，三分鐘前只要十先令他就願意把那隻「邋里邋遢的老猢猻」賣掉。可是現在——

「嚅，原來如此，原來如此！」他說，「那麼我的價錢是兩鎊十先令。那隻猴子是從赤道那邊來的，全倫敦獨一無二。應當送動物園展出。兩鎊十先令不折不扣，不買就滾蛋！」

孩子們面面相覷——他們身上總共只有二十三先令五便士，要不是父親臨別時給了他們一個一英鎊的金幣「大家分分，」那他們就只有三先令五便士了。

「我們只有二十三先令五便士。」西里爾說，讓錢幣在口袋裡叮噹響。

「二十三個法辛❻和你的屁股蛋。」店主說，因為他不相信西里爾有這麼多錢。

懊惱地停頓了一下，然後安西雅想起來了，她說：

「啊！我希望我有兩英鎊十先令。」

---

❻ 英國舊時使用的小銅幣，四個法辛等於一便士。

「我也希望有，小姐，」店主尖刻地說。「你要是有就好了！」

安西雅的手是放在櫃台上的，她覺得手底下好像鑽進了一樣什麼東西。她抬起手，下面赫然是五個亮晶晶的半英鎊一個的金幣。

「啊，我終於有了，」她說，「錢在這兒，把沙……我是說把猢猻給我們。」

店主盯住錢死死地看了一會兒，急忙把它放進口袋裡。

「我只希望你們這些錢來得正大光明，」他聳聳肩膀，只抓了一下耳朵，然後說：「好吧，我想我只能讓你們把牠拿去了，不過牠值三倍的錢，所以——」

他慢慢慢地領他們走到籠子前，小心翼翼地打開籠門，突然凶惡地一把抓住沙米亞德，沙米亞德毫不客廳地狠狠咬了他一口，這是最後的一口了。

「諾，把這個畜生拿去，」店主說，把沙米亞德緊緊地握住，使牠差點透不過氣來。「牠把我骨頭都咬斷了。」

當安西雅伸出兩條手臂去接時，店主睜大眼睛說：「要是牠把你的臉皮撕破，可別怪我啊。」沙米亞德從店主那雙骯髒、起老繭的手裡跳下來，安西雅用雙手把牠接住，她的手當然也不太乾淨，但無論如何是柔軟的、粉紅色的。她親切地把牠緊緊抱住。

「可你不能就這樣把牠帶回家啊，」西里爾說，「人家會跟在我們後面起鬨的。」果然，已經有兩個小廝和一個警察走過來了。

「我最多只能給你們一個紙袋，就是我們裝烏龜的那種。」店主不樂意地說。

於是，一群人都走進了店鋪，店主把他能找到的一個最大的紙袋給了安西雅，當他看見她把紙袋敞開，沙米亞德小心翼翼地站進去的時候，他的眼珠子都快從頭上彈出來了。

「哎喲，這可眞是奇了！這個畜生你們以前恐怕認識吧！」

「是的，」西里爾客氣地說，「他是我們的一個老朋友。」

「早知道這樣，出雙倍價我也不賣，」店主回答。等孩子們走得看不見以後，他又補上一句：「不過我還是合算的，這個畜生我只花五先令買來的。但是牠把我咬了好幾口，這也要算在賬裡！」

孩子們把沙米亞德抱回家，激動和興奮得混身發抖，沙米亞德也在紙袋裡直哆嗦。回到家以後，安西雅餵牠奶吃，撫摸牠，要不是她記得牠最討厭濕，大概還會伏在牠身上掉眼淚呢。

當沙米亞德緩過神可以說話時，牠說：

「給我弄點沙來，油漆顏色店裡的細沙。要好多好多。」

他們把沙買來了，把沙連同沙米亞德一起放在一個圓澡盆裡，沙米亞德用沙擦著身體，在沙裡滾啊、抖啊、刮啊、抓啊、舔啊，直到牠覺得乾淨了，舒服了，就在沙裡匆匆挖了個洞，鑽進洞睡了。

孩子們把澡盆藏在女孩們的床底下，就去吃晚飯了。老保姆給他們準備了一頓精美的晚餐，有麵包、奶油和油煎洋蔥。她腦子裡總是有許多令人愉快的想法。

第二天早晨，安西雅一覺醒來，沙米亞德正舒舒服服地蜷伏在她和珍的肩膀中間，牠對安西雅說：

「你們救了我的命。我知道那傢伙遲早會把冷水濺在我身上，這樣我就會凍死。昨天早晨我親眼看見他把一隻豚鼠籠洗乾淨。我仍然睏得要命，我想我還是回到沙裡去再睡一會兒。你去把男孩們和珍這隻睡鼠叫醒，等你們吃完早飯，我們好好談談。」

「你不要吃點早飯嗎？」安西雅問。

「我是想馬上吃一點兒，」沙米亞德說，「可是我最喜歡的是沙——沙對我來說是肉和飲料，是媒、火、妻子和兒女。」說罷，牠順著床單爬下來，重新回進澡盆，孩子們聽見牠在用爪挖洞，最後鑽進洞不見了。

「好啦！」安西雅說，「這下我們的假期不會沒勁啦！我們又找到沙米亞德啦！」

「不，」珍一邊穿襪子、一邊說，「我們不會沒勁——不過牠現在不能實現我們的願望了，那最多不過像養一隻寵物狗罷了。」

「啊，別那麼貪心不足，」安西雅說，「要是牠不能做任何別的事情，牠至少能夠給我們講大地懶❼和其他什麼東西的故事呀！」

---

❼ 大地懶：即大懶獸，一種古代的生物，因行動緩慢而得名。

2 半塊護身符

許久以前——就是說去年夏天——四個孩子發現自己被一個願望弄得尷尬透頂（這個願望是沙米亞德替他們實現的，僕人們對它不以爲然），曾表示希望僕人們不會注意到沙米亞德送給他們的禮物。當他們同沙米亞德分手時，他們最後一個願望是有朝一日能再見到牠。所以啊，他們就又見到牠了（如羅伯特指出的，這對沙米亞德來說眞是萬幸。）當然囉，誰知道沙米亞德所以在那個地方，是孩子們的一個願望結果，因而也是沙米亞德的願望，因爲這樣一來，僕人就注意不到了。很快就弄清楚，在沙米亞德看來，儘管老保姆現在自己有了房子，但仍然是個僕人，因爲她壓根沒注意到沙米亞德。這樣也好，因爲她是決不會允許女孩們在床底下放一隻野獸和一盆沙的。

當早餐用的杯盤撤掉後——早餐好極了，有熱肉卷，這是平常享受不到的奢侈品——安西雅把沙盆從床底下拖出來，把沙米亞德叫醒。沙米亞德伸了個懶腰，抖抖身子，說：

「你們吃早餐只花了五分鐘，一定是狼吞虎嚥，這樣對健康可不好。」

「哪裡，我們吃了都快一個鐘頭呢，」安西雅回答。「得啦——你答應我們的。」

「聽著，」沙米亞德說，重新在沙上坐下，兩隻長眼睛突然伸出，「咱們最好還是照原來說定的做。不能有任何誤會，所以我老實對你說——」

「啊，對不起，」安西雅懇求道，「請你等我們和大家在一起的時候再說好不好。我在他們不在的時候跟你說話，他們會以為我不老實，出來吧，親愛的。」

她在沙盆前跪下，伸出兩支手臂。沙米亞德一定記起了昨天跳進那兩隻小手臂是多麼快活，因為牠輕輕地咕嚕了幾聲，就又一次跳進去了。

安西雅用圍裙把沙米亞德裹住，把牠抱下樓。大家在一陣緊張的靜默中歡迎牠。

臨了，安西雅說：「喂，怎麼樣？」

「這是什麼地方？」沙米亞德伸出兩隻眼睛，把它們慢慢轉動著。

「當然是客廳囉。」羅伯特說。

「那我可不喜歡。」沙米亞德說。

「不要緊，」安西雅親切地說，「你無論想去什麼地方，我們都可以送你去。剛才在樓上我說，要是我在他們不在的時候跟你說話他們會不高興的，那時你正要說什麼來著？」

沙米亞德兩眼銳利地看著她，她臉紅了。

「別犯傻了，」沙米亞德尖聲說。「當然啦，你想要讓你的弟弟妹妹知道你是多麼好，多麼沒有私心，這是極其自然的。」

「希望你不要把話岔開，」珍說。「安西雅是對的。你正要說而她不讓你說的是什麼？」

「既然你們迫切想知道，我就告訴你們吧，」沙米亞德說。「我正要說的是這個：你們救了我的命——我不是忘恩負義——但是這既沒有改變你們的本性，也沒有改變我的本性。你們仍然非常無知，可以說相當笨，一星期中任何一天我都一個抵你們一千個。」

「你當然是的！」安西雅剛說開了頭，就被沙米亞德打斷了。

沙米亞德說：「打斷人家的話是很不禮貌的；我是說我不能容忍任何愚蠢的舉動。假使你們以為你們救了我的命就可以把我當寵物耍，或者讓我降低身份跟你們一起玩，那你們就會發現你們的想法一文不值。明白嗎？只有我怎麼想才是重要的。」

「我明白，」西里爾說，「你要是記得的話，過去向來是這樣的。」

「既然這樣，問題就算解決了，」沙米亞德說。「要按照我們各自的身分來對待，對我尊重，對你們大家要——可是我並不想冒犯你們，讓你們不高興。你們把我從那個可怕的窩裡救了出來，你們想要知道我是怎樣掉進去的嗎？啊，我並不是忘恩負義！這件事我沒有忘記，永遠也不會忘記。」

「請告訴我們吧，」安西雅說。「我知道你非常聰明，可是即使你聰明透頂，我也不相信你能知道我們對你是尊重到什麼地步，可不是嗎？」

另外，幾個孩子都說是的，在椅子裡坐不住了。羅伯特說出了大家的願望，他說：「希望你繼續下去。」

於是，沙米亞德在鋪著綠台巾的桌子坐直身體，繼續講下去了。它說：

「你們走了以後，我到沙裡去呆一會，不知不覺就睡著了。我被你們那些荒唐的願望累垮了，覺得都已經有一年沒有到沙裡去了。」

「到沙裡去？」珍問了一句。

「就是我睡覺的地方。你們上床睡覺，我到沙裡睡覺。」

珍打了個呵欠。沙米亞德提起床使她瞌睡來了。

「好吧，」沙米亞德說，有點惱了。「我肯定不會給你們講上老半天的。一個人捉住了我，我把他咬了一口。他把我連同一隻死野兔和一隻死家兔裝進一只袋裡。他把我帶回家，把我從袋裡拿出來，放進一只籃子，籃子上有洞眼，透過洞眼看得見外面。我又把他咬了一口，於是他把我帶到這個城裡，這個城據說叫現代巴比倫❶——儘管它和老巴比倫一點也不像——他把我賣給了那個你們從他手裡把我買下的人，我又把他們兩個都狠狠咬了一口。我的故事講完了，你們有什麼新鮮事兒要講嗎？」

「我們的故事中沒有太多像咬人那樣狠的事情，」西里爾深感遺憾地說，「事實上，什麼也

---

❶巴比倫是古代一個王國，現代巴比倫指英國首都倫敦。

沒有。爸爸去滿洲了，媽媽和小弟弟去馬德拉群島了，因爲媽媽病了，我眞希望他們平平安安回家來。」

僅僅由於習慣使然，沙米亞德開始鼓起勁要獻本事了，可是牠突然停住。

「我忘啦，」牠說，「我不能再滿足你們更多的願望。」

「是不能——可是聽著，」西里爾說，「我們能不能把老保姆叫來，讓她說她希望他們平安回來。我保證她願意的。」

「不行，」沙米亞德說。「你們叫別人爲你們表達願望，就等於你們自己表達願望。這可不會靈的。」

「可昨天對店裡那個傢伙不是挺靈的嗎？」羅伯特反駁。

「不錯，」沙米亞德說，「可是你們沒有要他表達願望，而且即使他表達了願望，你們也不知道會發生些什麼。這不能重新再做一次。它已經做完了。」

「這麼說，你是絕對幫不了我們了，」珍說，「啊——我還以爲你能幫我們呢；自從昨天我們救了你以後，我就一直這樣想的。我還以爲你肯定能讓爸爸回來，儘管媽媽認爲你可能辦不到。」

珍說罷就「哇」地一聲哭了出來。

「別哭，」沙米亞德急忙說，「你一哭我就心裡煩，片刻也不得安寧。聽著，你們一定得有個新的護身符。」

「說說容易，做就難了。」

「一點也不難」沙米亞德說。「在離你們昨天買我的店鋪不遠的地方，有一塊天底下最最厲害的護身符。被我咬的那個人——就是第一個人——曾經到一家店裡去問一樣東西的價錢——我想他問的是一只六角形手風琴——當他對店主說他要價過高的時候，我看見那塊護身符就放在一只盤子裡另外許多東西當中。你們只要能夠把它買下，你們的一切願望就都能夠實現了。」

孩子們互相望望，然後又向沙米亞德望望，最後西里爾侷促不安地咳了一聲，突然鼓起勇氣，說出一番別的孩子心裡正在想的話：

「我眞心希望你不要生氣，可是事情是這樣的：你實現過我們的許多願望，可是幾乎每一次都使我們搞得一塌糊塗，我們總是想，一定要這樣你才會高興。現在，關於這個護身符——我們沒有太多錢——要是我們把所有的錢都花在這個護身符上，而結果卻不怎麼樣——哎，你懂得我意思，是不？」

「我懂得你只看到鼻子底下一點點東西，目光太短淺了，」沙米亞德惱怒地說。「聽著，我當時不得不實現你們的願望，結果當然搞得很糟，那是因爲你們沒有頭腦，不會要求對你們有好處的東西。可是這塊護身符是完全不同的。這件事我沒有必要爲你們做，僅僅因爲我生性慷慨，才把它告訴了你們。所以這肯定不會有問題，懂嗎？」

「別生氣，」安西雅說，「請你別生氣。你知道，我們一共只有這些錢；在爸爸回來以前，我們不會有更多零用錢——除非他在信裡給我們寄點來。可是我們信任你。你們大家聽著，」她轉向另外幾個孩子，「你們以爲把錢都花掉值不值得，那怕爸爸媽媽只有最微小的希望平安回來？好好想一想！啊，好好想一想！」

「你們做什麼我才不在乎哩，」沙米亞德說，「我要回沙裡去，等你們拿定主意再出來。」

「不，不要到沙裡去！」大家一齊說，珍又加上一句：「我們已經拿定主意了——你難道看不出嗎？我們快去拿帽子。你願意跟我們一塊兒去嗎？」

「當然囉，」沙米亞德說，「要不然你們怎麼能找到那家店鋪呢？」

於是，每個人都拿了帽子。沙米亞德被放在一只簍子裡，這只簍子是在法林登市場買魚送的，裡面本來裝著兩磅鰈魚片，現在裝著三又四分之一磅重的沙米亞德，四個孩子輪流拎著牠。

「牠沒有小弟弟一半重。」羅伯特說，女孩們吸了口氣。

沙米亞德時時從簍頂警惕地伸出一隻眼睛，告訴孩子們該向那兒拐彎。

「你到底是怎麼識得路的？」羅伯特問。「我簡直想不出你是怎樣做到的。」

沙米亞德嘲諷地說：「不——我知道你想不出的。」

他們終於來到了這家店鋪。它的櫥窗裡陳列著各種各樣的東西——大角形手風琴、絲手帕、瓷花瓶、茶杯、藍顏色的日本壇子、煙斗、刀劍、手槍、花邊衣領、每半打捆在一起的銀湯匙以及放在紅漆盤子裡的結婚戒指。另外還有軍官制服上的肩章和醫生用的柳葉刀。另外還有鑲嵌在紅色烏龜殼裡的茶葉罐、一盆盆各種各樣的錢幣、一疊疊各種各樣的盆子。另外還有一張美麗的圖片，圖片裡一個小女孩在給一隻狗洗澡，珍喜歡得不得了。櫥窗當中有一只污穢的銀盤子，裡面裝滿了珍珠母籌碼、舊印章、人造寶石搭扣、鼻煙盒以及各種各樣暗淡無光的零星東西。

當西里爾說「那裡有一盤垃圾」的時候，沙米亞德從魚簍裡伸出頭來向櫥窗裡望。接著，牠的一雙蝸牛般的長眼睛看見了什麼，伸得更出了，就像沒有用過的石筆一樣又細又長。牠渾身的毛都豎了起來，牠的聲音激動得變成嘶啞。牠小聲兒說：

「就是它！就是它！就在那個藍和黃的搭扣下面，有一東西突出在外面。紅的。看見嗎？」

「就是那個像馬蹄鐵的東西？」西里爾問。「紅的，就像你平常用來封包裹的火漆？」

「是的，就是它，」沙米亞德說。「現在，你們就照你們昨天做的那樣去做。先問一問別的東西的錢。比方那個藍搭扣。店主會把盤子從櫥窗裡拿出來。」牠轉向安西雅說：「我想最好你去問。我們在這裡等著。」

於是，另外幾個孩子把鼻子壓在櫥窗玻璃上，壓得扁扁的，不一會兒，一隻骯髒的大手，十個指頭又短又粗，戴著一只老大的鑽戒，就從綠色的半帘伸到櫥窗底部，把盤子拿出來了。

安西雅和鑽戒主人是怎麼談的，他們是看不見的，他們只覺得她花的時間——要是她有足夠的錢——已經能把店裡所有的東西都買下了；可是就在這功夫，她已經站在他們面前，臉上堆滿了笑，手裡拿著那塊護身符。

護身符是這樣的：

它是一塊紅寶石做的，精光滴滑，耀眼奪目。

「我把它弄到手了，」安西雅小聲說，攤開手讓大家看。「我們快回家吧！我們不能在街上像粘住的豬般朝它看著。」

於是，他們就回家去了。對於有魔法的事件來說，費茨羅伊街客廳的背景太平淡了。在鄉下，在花和綠色的田野中，一切事情似乎都可能發生，而且確實發生了。但是，在離市中心咫尺之遙的地方，也會發生真正不可思議的事兒，那就叫人難以相信了。可是沙米亞德在，沙米亞德本身就是不可思議的。牠會說話，牠告訴他們哪兒可以買到護身符，這塊護身符能使擁有它的人無比幸福，因此四個孩子邁著大步匆匆趕回家去，下巴翹得高高的，嘴閉得緊緊的。他們走得飛快，沙米亞德在簍子裡被搖晃得東倒西歪，可是牠什麼都沒說——也許是怕引人注意。

他們終於回家了，熱得不得了，把沙米亞德朝綠台布上一放。

「可是這裡只有半塊啊！」

「喂，聽著！」西里爾說。

可是，沙米亞德覺得頭暈眼花，得替牠拿盆沙來。當牠稍稍緩過神以後，牠說：

「喂，把護身符給我看看！」安西雅就把護身符放在綠台布上。沙米亞德伸出兩隻長眼睛看了一看，然後轉過眼睛責備地望著安西雅說：

「可是這裡只有半塊啊！」

這的確是晴天霹靂！

「那兒一共只有這一塊！」安西雅膽怯而又堅定地說。她知道這不是她的錯。

「應該另外還有半塊，」沙米亞德說，「有一個銷子把兩個半塊連在一起。」

「半塊不行嗎？」——「沒有另外半塊還靈嗎？」——「它可花了七先令六便士哪。」——「啊，討厭，眞討厭！」——「別做一幫小傻瓜蛋！」四個孩子和沙米亞德七嘴八舌說開了。

接下來是一陣難堪的靜默。

西里爾打破了沈默：

「那我們怎麼辦呢？」

「回到店裡去，看看有沒有另外半塊，」沙米亞德說。「我到沙裡去等你們回來。打起精神來！即使只到手半塊也有用，不過要是找不到另外半塊，就會有沒完沒了的麻煩。」

於是西里爾就到店裡去了，沙米亞德到沙裡去了。另外三個孩子去吃飯，飯已經做好了。西里爾沒來吃飯，老保姆十分惱火。

三個孩子正朝窗外望著的時候，西里爾回來了，甚至在他還隔開一段路，看不清他的臉以前，他愣頭愣惱，拖著腳走路的樣子就清楚地說明他是白跑了一趟。

「怎麼樣？」他們站在前門台階上異口同聲地問。

「不行，」西里爾回答，「那人說護身符是完整無缺的。他說那是一位羅馬夫人掛在脖子上的小金盒，又說買古董要是不內行就不該買，這個那個的，又說他做買賣從來不違約，因爲那不是做生意的作風，希望他的顧客也一樣。他純粹是個下流胚——就是下流胚！我要吃飯了。」

西里爾顯然很不樂意。

客廳裡不大可能發生眞正有意思的事，這像一塊重的鉛壓在每個人心頭。西里爾吃了飯，在他咽下最後一口蘋果布丁時，門上有抓扒聲。安西雅開了門，沙米亞德走了進來。牠聽了情況報告以後說：

「嗳，事情可能會更糟！在你們弄到另外半塊護身符之前，很可能會有幾次冒險活動。你們當然想弄到另外半塊護身符吧？」

「當然囉！」大家一齊回答。「我們也不反對冒險活動。」

「是的，」沙米亞德說，「你們這種勁頭我好像記得。好吧，請你們坐下，豎起耳朵聽吧。一共八隻耳朵，對不對？對——我很高興你們會做算術了。現在請你們好好聽著，因爲我不想把所有的事情對你們講第二遍。」

孩子們在地板上坐定——坐在地板上要比坐在椅子上舒服得多，對沙米亞德也比較禮貌，因爲沙米亞德正在壁爐前地毯上捋鬍鬚——安西雅的心突然感到一陣隱痛。爸爸——媽媽——親愛的小弟弟——全都在遙遠的地方。接著，她全身流過一種溫暖和舒服的感覺。沙米亞德在這兒，至少有半塊護身符，而且還會有冒險活動。（要是你不懂什麼叫「隱痛」，我很爲你高興，我希望你永遠也不要懂。）

「喏，」沙米亞德親切地說，「你們不特別逗人愛，也不特別聰明，而且長得一點也不漂亮。可是你們救了我的命——啊，我想起那個傢伙和他的那桶水就火冒三丈！——所以，我要把我知道的一切都告訴你們。這我當然做不到，因爲我知道的事情實在太多了。可是我要把我知道的關於這塊紅寶石的一切都講給你們聽。」

「講吧！講吧！講吧！講吧！講吧！」大家一齊要求。

「好，我來講吧，」沙米亞德說。「這是半塊護身符，整塊護身符什麼都能做。它能使穀物生長，使水流動，使樹木開花結果，使美麗的嬰兒呱呱落地。（當然不是說嬰兒美麗，而是說他們的媽媽以爲他們美麗——只要你認爲一樣東西是眞實的，那麼，對你來說，它就是眞實的。）」

羅伯特打了個呵欠。

沙米亞德繼續說下去：

「整塊護身符能消除使人們不快樂的一切東西——嫉妒、壞脾氣、驕傲、無聊、貪婪、自私、懶惰。人們管這些東西叫壞品質，護身符就是爲消除這些壞品質而創造出來的。你們以爲擁有它豈不好嗎？」

「非常好。」孩子們一齊有氣無力地說。

「它能給你們力量和勇氣。」

「那才像話哩。」西里爾說。

「還有美德。」

「我想有了它眞不錯。」珍說，但是並不太起勁。

「它還能實現你們衷心的願望。」

「現在你總算說了。」羅伯特說。

「當然，」沙米亞德厲聲反駁，「這樣你們就不用說了。」

「衷心的願望對我是夠好的了。」西里爾說。

「是的，」安西雅大膽地說，「可是，所有這一切是整塊護身符能做到的。有些事情是我們到手的那半塊護身符能做到的——不是嗎？」

她向沙米亞德求教，沙米亞德點點頭說：「是的，那半塊護身符能把你們帶到你們想要去的任何地方，去尋找另外半塊護身符。」

這句話似乎帶來了光明的前景，可是羅伯特問道：

「它知道上哪兒去找嗎？」

沙米亞德搖搖頭答道：

「我想大概不知道吧。」

「你知道嗎？」

「不知道。」

「既然這樣，」羅伯特說，「我們不如說是在一瓶草裡找一枚針，對，是一瓶草而不是一捆草，爸爸說的。」

「絕對不是，」沙米亞德尖刻地說，「你以爲你無所不知，其實你全錯了。首先是要讓那東西開口說話。」

「它會說話嗎？」珍問，珍的問題並不意味著她以爲護身符不會說話，因爲儘管客廳裡的傢具不協調，魔法的感覺卻越來越強烈，像迷霧一樣彌漫在整個房間裡。

「它當然會說話囉！我想你們都識字吧。」

「啊，當然識的！」每個人都被這個問題刺痛了。

「那好，你們唯一要做的事就是唸你們買來的那塊護身符上寫著名字。你們一大聲唸出名字，那樣東西就能做許多事情。」

一陣靜默。紅色的護身符被從一隻手傳到另一隻手。

「上面沒有名字。」末了，西里爾說。

「胡扯，」沙米亞德說，「那是什麼？」

「噢，那個！」西里爾說，「那不是文字，那就像畫著一些雞和蛇什麼的。」

護身符上面是這樣的——

「我對你們沒有耐心了，」沙米亞德說，「要是你們不懂，就得找一個懂的。比方一個牧師。」

「我們一個牧師也不認識，」安西雅說，「我們倒是認識一個神職人員——你知道，祈禱書裡管他叫牧師——可是他只認識希臘文、拉丁文和希伯來文，而這不屬於這種文字中的任何一種——我知道的。」

沙米亞德怒氣沖沖地把一隻毛茸茸的腳頓了一下。

「我但願從來沒有見到你們，」牠說，「你們比那些石像好不了多少。要我說實話的話，好不了多少。你們巴比倫城難道就沒有一個聰明人知道這個偉大名字嗎？」

「樓上住著一個窮學者，」安西雅說，「我們可以問問他。他房間裡有許多石像，看上去怪嚇人的——他不在的時候我們曾經朝裡面偷偷瞧過。老保姆說他吃得很少，還不夠養活一隻金絲雀。他把錢都花在石頭上了。」

「那就讓他試試吧，」沙米亞德說，「只不過要小心。要是他知道一個比這個更偉大名字，它來反對你們，那你們的護身符就沒用了。你們先要讓他保證受榮譽和正派行爲的約束，然後請他幫助——啊，對了，你們最好統統都去；你們上樓去的時候可以把我放在沙裡。我必須安安靜靜地待一會兒。」

於是，四個孩子匆匆忙忙洗了手、梳了頭——這是安西雅出主意——就上樓去敲「窮學者」的門，並且「讓他保証受榮譽和正派行爲的約束」了。

3 過去

學者的午飯都快涼了，他吃的是羊肉排骨，盛在盆子裡，就像結冰的池塘當中一個棕色的島，因為肉汁面上的一層油已經凍住，變成白色的了。它看上去非常骯髒，當孩子們敲了三下門沒有回答，其中一個壯起膽子轉動門柄，輕輕地把門推開時，他們第一眼看見的就是這樣東西。排骨放在一只長桌的末端，這張桌子沿一邊牆放著，上面放著許多偶像，還有奇形怪狀的石頭和書。後面一幢牆有一排玻璃櫥，櫥裡有許多奇特的小玩意兒。這些玻璃就跟你在珠寶店看到的差不多。

「窮學者」正坐在靠窗的一張桌子旁邊，全神貫注地看著一樣他用一把精細的鉗子鉗住的非常小的東西。他一隻眼睛嵌著一只圓形的小型放大鏡，這使孩子們想起了鐘錶匠，也想起了沙米亞德的那隻蝸牛般的長眼睛。

學者個子高挑，他的一雙又長又瘦的皮靴從桌子的另一頭伸出來。他沒有聽到開門的聲音，四個孩子猶豫不決地站著。末了，羅伯特把門推開，他們全都嚇得往後倒退，因為原先被門遮住的那面牆的中央有個木乃伊箱——非常、非常、非常大——漆成紅、黃、綠和黑幾種顏色，木乃

牆中央有一個木乃伊

伊的臉似乎在怒沖沖地望著他們。

木乃伊箱是什麼你一定知道吧？要是你不知道，最好馬上到大英博物館去參觀一下。無論如何，這決不是你在布盧姆斯伯里❶頂層正面預料會看到的東西，木乃伊好像在問：你到此有何貴幹？

因此，每個人都相當響地叫了一聲「啊！」當他們跌跌撞撞向後絆倒時，他們的皮鞋發出嘰嘰呱呱的響聲。

學者把放大鏡從眼睛

裡拿掉，用非常柔和而愉快的語調說道：
「請原諒——」他的語調表明他是牛津大學出身的。
「請原諒的該是我們，」西里爾彬彬有禮地說：「打擾您了，十分抱歉！」
「請進，」學者站起身說，安西雅覺得他親切極了。「看見你們非常高興。請坐下好嗎？不，不要坐在那裡，讓我把那些紙拿開。」
他於是把一張椅子上的東西收拾乾淨，笑咪咪地站在那裡，從一副又大又圓的眼鏡後面慈愛地望著。
「他把我們當大人啦，」羅伯特向安西雅咬耳朵：「他好像不知道我們來了多少人。」
「噓！」安西雅制止他，「咬耳朵是不禮貌的。你說，西里爾——說吧。」
「眞對不起，打擾您了！」西里爾客客氣氣地說了，「可是我們的確敲過三次門，您沒有說『進來』或『滾開』，沒有說『現在沒空』或『等您有空的時候再來』，總之，沒有說敲門的時候人們常說的那種話，所以我們就把門打開了。我們知道您在家，因為我們等的時候聽見您打噴嚏的。」
「哪裡哪裡，」學者說：「請坐吧。」

❶布盧姆斯伯里：倫敦一個區的名字，二十世紀初曾經是文化藝術中心。

「他已經看到我們有四個人了。」當學者又清理出三把椅子時，羅伯特說。學者小心翼翼地把椅子上的東西放在地板上。第一把椅子上放著一些磚頭一樣的東西，當磚頭從窟裡出來還是軟的時候，一些極小的鳥的腳曾在上面走過，只不過留下的一行行痕跡是勻稱整齊的。第二把椅子上有一些滴溜滾圓的東西，像一些暗淡無光的大珠子。最後一把椅子上有一堆積滿灰塵的紙。

四個孩子坐下了。

「我們知道您非常、非常有學問，」西里爾說：「我們弄到了一塊護身符，想請您認一認上面刻的字，因爲那不是拉丁文、希臘文或希伯來文，也不是我們懂的任何一種文字——」

「就算那幾種文字，你把它們徹底掌握了，也就是非常良好的治學基礎了。」學者彬彬有禮地說。

「啊！」西里爾臉發燒了，「不過除了拉丁文，我們哪一種文字也不懂，而且拉丁文也只懂得一點點皮毛。」

學者摘掉眼鏡，笑了。西里爾覺得他的笑聲很彆扭，好像他是不常笑的。

「當然囉！」他說。「請原諒。我想我一定是在做夢。你們這些孩子是住在樓下的，是不是？是的。我出出進進的時候看見過你們。你們發現了一樣東西，以爲是古董，拿來給我看？那好極了！我樂於來鑑定一下。」

「我們沒有想到您會有興趣來鑑定它，」安西雅老老實實地說。「我們來只是爲了我們自己——因爲我們想認識它上面刻的字——」

「啊，是的——」羅伯特插嘴：「我們有個要求，不知道您會不會認爲我們無禮，就是在給你看那樣東西之前，您先得以……以什麼來著？」

「以榮譽和正直保証！」安西雅說。

「我恐怕不大明白你們的意思。」學者有點惶惑了。

「噢，是這樣的，」西里爾解釋道。「我們弄到了半塊護身符。沙——我的意思是說，有樣東西告訴我們，它儘管只有半塊，也挺靈的，但除非我們能念出上面刻的字，它就不靈了。不過，當然囉，要是您另外有個名字，能勝過我們的名字，我們的護身符就不管用了；所以我們要求您以紳士的榮譽向我們保証——儘管我現在見到您了，我以爲那是沒有必要的——可是我已經答應要讓您保証，所以我們非做不可。請您以榮譽保證，不說出任何一個比護身符上的名字更偉大的名字，好嗎？」

學者已經又戴上眼鏡，從眼鏡裡望著西里爾，不止一次地叫「天啊！」然後又說：「這一切是誰告訴你們的？」

「我不能告訴您，」西里爾說：「我非常抱歉，可是我不能告訴您。」

這當兒，學者一定依稀回憶起了他遙遠的童年時代的情景，因爲他臉上露出了笑容。

「我明白了，」他說。「你們是在做一種游擊戰。肯定是的！是的！好吧，我保証。可是我不明白這些偉人的名字你們是怎麼知道的？」

「這我們同樣也不能告訴您。」西里爾說；安西雅接口說：「這就是我們的護身符！」說罷就把護身符遞了過去。

學者客氣然而並不熱心地接過護身符，可是只看了一眼，他整個身子突然挺直，就像一條能用鼻尖指示獵物所在地的獵狗看到一隻松雞所做的姿態一樣。

「請原諒！」他用一種截然不同的語調說，同時拿著護身符走到窗前。他把護身符翻來覆去看著，然後把放大鏡嵌在眼睛裡再仔細看。誰都沒吭聲。只有羅伯特把兩隻腳在地上挪來挪去，發出響聲，安西雅用胳膊肘輕輕推了他一下，叫他別動。末了，學者深深地吸了口氣，問道：

「這個東西你們是哪兒找到的？」

「不是找到的，是店裡尋來的。店名是雅各布・艾布薩洛姆，離查林十字路不遠。」西爾里回答。

「我們花七先令六便士買的。」珍補充了一句。

「我想這是不賣的吧？你們不願把它出讓吧？我應該告訴你們它非常珍貴——可以說珍貴至極！」

「是的，」西里爾說：「這我們知道，所以我們當然想把它保存起來。」

「這個東西你們是哪兒找到的？」

「那就好好把它保存吧，」學者鄭重其事地說：「要是有一天你們想把它出讓，我可以要求你們給我優先購買權嗎？」

「優先購買權？」

「就是說，在你們給我機會把它買下以前，不把它賣給任何第二個人。」

「行，」西里爾說：「我們答應。可是我們不願賣。我們要讓它做事情。」

「我想你們可以把它當做任何其他東西一樣地把玩，」學者說：「可是魔法的時代恐怕已經過去了。」

「它並沒有眞正過去。」安西雅熱切地說。「要是我把我們去年暑假的經歷告訴您，您就會明白魔法的時代並沒有過去。只是我不能告訴您。非常感謝您。您能念那個名字嗎？」

「能。」

「您能唸給我們聽嗎？」

「這個名字是，」學者說：「烏—赫考—塞奇。」

「烏—赫考—塞奇，」西里爾重複了一遍。「非常感謝。但願我們沒有占用您太多時間。」

「哪裡，」學者說：「對那樣最最珍貴的東西，你們可千萬要小心呀！」

他們每個人以他們所能想出的不同的禮貌方式道了謝，然後排隊出門下了樓。安西雅走在末一個。剛走到第一個樓梯口，她突然轉過身，又奔了上去。

門還開著，學者和木乃伊正面對面站著，好像他們許多年來一直是那樣面對面站著似的。

當安西雅把手搭在學者手臂上時，學者嚇了一跳。

「希望您別見怪，說這不管我的事，」安西雅說：「可是請您看看您的排骨！您不認為應該把它吃掉嗎？爸爸在寫文章的時候常常忘了吃飯，媽媽總是對我說，要是她不在家，我應該提醒爸爸吃飯，因為吃飯不準時最不好了。所以我想我要是提醒您吃飯，您也許不會介意的，因為好像沒有別人會這樣做。」

她向木乃伊瞅了一眼，木乃伊肯定不會想到要提醒人家吃飯的。

學者向她望了一會兒，然後說：

「謝謝你，親愛的，你待我真好，的確沒有一個人會提醒我吃飯。」

他吸了一口氣，又向排骨望望。

「它的樣子很難看！」安西雅說。

「是的，」他說：「很難看！我馬上就吃，要不然就又忘了。」

在他吃的時候，他不止一次吸氣。也許是因為排骨太難看，也許是因為他渴望占有孩子們不願意賣的那塊護身符，也許是因為已經有那麼長久沒有人關心他吃排骨或忘記吃排骨了。

安西雅在樓梯口追上了另外幾個孩子。他們叫醒了沙米亞德，沙米亞德教他們怎樣用咒語讓護身符說話。我不打算告訴你這是怎樣做到的，因為告訴了你，你也會試著去做，對於你來說，任何這種嚐試幾乎肯定會以失敗告終。因爲，第一，你到手一塊合適的護身符的機會是十億分之一；第二，即使到手了，你也幾乎根本沒有機會找到一個頭腦聰明得和心腸好得肯爲你念咒語的學者。

四個孩子和沙米亞德蹲在地板上圍成一個圓圈——他們是在女孩們的臥室裡，因爲要是在客廳裡，老保姆進來鋪吃下午茶的台布會吵他們——護身符放在圓圈中央。

外面陽光燦爛，室內非常明亮。從開著的窗戶傳來倫敦的市囂聲，在下面街道上，他們能聽見送牛奶人吆喝的聲音。

一切妥當以後，沙米亞德做了個手勢叫安西雅念咒語，於是安西雅就念了。

霎那之間，全世界所有的光好像都滅了。房間裡漆黑一片，外面的世界也是黑的，比最黑的夜還要黑。一切聲音也都沒了，因此四下裡一片寂靜，比你們夢見過的任何寂靜還要靜。就像突然變成了又聾又瞎，甚至比瞎還要黑，比聾還要靜。

但是，孩子們還沒有從驚愕中恢復過來，還沒有感到害怕，圓圈中央忽然出現一道微弱而美麗的光，在這同時，一個微弱而美麗的聲音開始說話了。光太暗淡了，憑借它看不出任何東西，聲音太輕了，聽不出它在說些什麼。只能勉強看見光，勉強聽見聲音。

可是，光變得強了。綠幽幽的，像螢火蟲的燈，越來越亮，直到最後就像千萬隻螢火蟲在從圓圈中央向它們生翅膀的戀人發信號。聲音也越來越響，響的程度不及甜的程度（儘管它也在變響），直到最後，聲音變得那麼甜，你一聽見就快樂得直想哭。它像夜鶯，像大海，像提琴，像你出去很久很久才回來你媽媽在門口迎接你時說話的聲音。

那個聲音說：

「說吧。你們想知道什麼？」

那聲音用的是什麼語言，我不能告訴你。我只知道所有在場的人全聽懂了。天底下一定有一種語言是每個人都聽得懂的，只要我們能知道那是什麼語言。我也不能告訴你護身符是怎麼說的，或者到底是護身符說的呢，還是哪一個精靈附在護身符身上說的。孩子們也沒法告訴你。在護身符說話的當口，他們沒法朝它看，因爲光實在太亮了。相反，他們只是直愣愣地望著射在圓圈邊上一塊褪色的基德明斯特地毯❷上的綠幽幽的光芒。他們都感到非常平靜，不想問問題，也不想把腳動來動去。因爲這和去年暑假在鄉下沙米亞德實現他們的願望時所發生的事情不同。那些事情是荒唐可笑的，而這件事卻不一樣。它就像《天方夜譚》裡的魔法，就像在教堂裡做禮拜。誰也不想說話。

最後，還是西里爾開了口：

「對不起，我們想知道另外半塊護身符在什麼地方。」

---

❷基德明斯特地毯：一種雙面繡花地毯，因產於英國基德明斯特地方而得名。

「那半塊失落的護身符啊，」美麗的聲音說：「它被打碎磨成粉，同安放它的聖壇的塵土攪合在一起。它和那個把兩個半塊護身符連起來的銷子已作爲塵土，灑在許多國家裡，沈沒在許多海裡了。」

「啊，原來是這樣！」羅伯特喃喃道，接下來是一陣死樣的寂靜。

「那一切都完了嗎？」後來，西里爾問：「既然它已經化爲塵土，塵土又被灑在大地上，那我們就用不著去找了。」

「你們要找的話，」聲音說：「就必須到它現在仍然完整無缺的地方去找。」

「我不懂你的意思。」西里爾說。

「你們到過去去找，就能找到它！」聲音說。

「可是，我們希望現在就找到它。」西里爾說。

沙米亞德在旁邊怒沖沖地小說說：「你怎麼不明白？這樣東西是存在於過去的。如果你們也生活在過去，你們就能找到它了。要讓你懂得道理眞難哪！時間和空間只不過是思維的形式罷了！」

「我懂啦！」西里爾說。

「不，你不懂！」沙米亞德說：「不過你不懂也沒有關係。我的意思是說，只要你做得對，你就能在同一地方、同一時間看見一切事情發生。現在你懂了嗎？」

「恐怕不懂，」安西雅說：「我太笨了，真過意不去。」

「無論如何，有一點你是懂的，那失落的半塊護身符是存在於過去的。因此，我們必須到過去去找它。我本人不應該跟護身符說話。你們自己去問它，自己去弄明白！」

「我們在什麼地方可以找到另外半個你？」西里爾順從地問了。

「在過去。」聲音說。

「哪一部分的過去？」

「這個我不能告訴你。要是你們挑一個日子，我願意帶你們到當時它存在的地方。你們一定要自己去弄明白。」

「你最後一次看見它是什麼時候？」安西雅問：「我是說，它是什麼時候被從你那裡奪走的？」

美麗的聲音回答道：

「那是在好幾千年前。當時護身符是完整的，被放在一個聖壇裡，許多聖壇中的最後一個，我創造了許多奇蹟。後來啊，來了一些奇怪的人，帶著奇怪的武器，把我的聖壇毀了，護身符也連同其他許多俘虜一起被帶走了。可是，這些俘虜中有一個是我的牧師，他懂得咒語，替我念了咒語，於是護身符就變沒了，從而又回到了我的聖壇。可是聖壇已經塌了，在任何魔法能把它重建以前，牧師念了咒語，我的力量向那個咒語頂禮膜拜。護身符被放在那裡，依然完整無缺，但已經受到控制，身不由己了。後來，人們搬了石頭來重建聖壇，一塊大石頭掉在護身符上，護身符碎成兩塊。我沒有力量去尋找那失去的半塊。由於沒有人念咒語，我無法使它再連接起來。所以啊，護身符就在沙漠的塵土裡躺了好幾千年，最後來了一個身材矮小的人——一個率領一支軍隊的征服者，他後面跟著一大群自作聰明的人，其中一個人找到了半塊護身符，把它帶到了這個國家。但是誰也不認識上面刻的字。因此我就一動不動地躺著。這個征服者死了，他的兒子繼承了他，護身符被他的後代賣給一個商人，你們從商人那兒把它買來了，它就在這兒，而現在，咒語念了，我也在這兒了。」

這就是聲音所說的話。我想那個身材矮小的征服者一定是指拿破崙。因爲我知道他曾率領一支軍隊遠征埃及，後來有許多有學問的人到沙漠裡去挖掘，找到了許多奇妙的東西，比你所能想像的任何東西還要古老。這些東西中有一樣就是這塊護身符，所有一切東西中最最奇妙的。

每個人都豎起耳朵聽，每個人都努力思索，當你在聽我向你說的那種話時，要頭腦清醒地思索可不是一件容易的事。

最後，羅伯特說：

「你能把我們帶到過去——帶到你和另外半塊護身符合在一起的聖壇嗎？要是你能把我們帶到那裡，我們也許就會發現那半塊護身符經過幾千年仍然好端端地在那裡。」

「仍然好端端地在那裡？傻瓜！」西里爾說。「你難道不明白，要是我們回到過去，那就不是幾千年前了。它對我們來說是現在——不是嗎？」他轉向沙米亞德求教。沙米亞德說：「就和往常一樣，你說對了。」

「好吧，」安西雅說：「你願意把我們帶回到那個曾經有個聖壇，你和另外半塊護身符都平平安安待在裡面的地方嗎？」

「願意，」聲音說。「你得把我向上舉起，念咒語，然後從年齡最大的開始，挨個兒通過我回到過去。不過要讓拿著我的人最後一個通過，叫他千萬不要鬆手，要不然你們就會失去我，永遠留在過去了。」

「那太可怕了！」羅伯特說。

「你們想要回來的時候，」美妙的聲音繼續說：「可以把我向東方舉起，再念咒語。這樣，你們就可以通過我回到現時，對你們來說就是現在。」

「可是，我們怎樣——」

就在這個節骨眼上，鈴聲響了。

「噯呀！」羅伯特叫了起來：「該喝下午茶了！請你再變回到大白天，讓我們下樓去好嗎？謝謝你的盛情厚意。」

「我們的確過得非常開心，多謝了！」安西雅有禮貌地加上一句。

美麗的光慢慢地消失了。接下來是伸手不見五指的黑暗和死樣的寂靜，黑暗和寂靜又突然變成耀眼的白天和倫敦柔和的沙沙聲，活像一隻巨獸在睡夢中翻身。

沙米亞德迅速回進它的沙盆，孩子們揉揉眼睛，下樓喝茶去。直到茶杯眞正倒滿了茶爲止，茶似乎比美妙的聲音和綠幽的光更不眞實。

喝完茶，安西雅說服另外幾個孩子讓她把護身符穿了根繩子套在自己脖子上。

「要是丟了就糟了！」她說：「你們知道它在哪兒都會丟失，這樣一來，我們只好永遠永遠留在過去，那不是糟透了嗎？」

4 八千年前

第二天早晨，安西雅叫老保姆讓她把「窮學者」的早飯送上去。學者開頭不認得她了，當他認出以後，他顯得很高興。

「您看，我脖子上掛著那個護身符，」安西雅說，「我按照您的囑咐小心管好它。」

「做得對，」學者說：「昨晚你們玩得開心嗎？」

「請您趁熱先把早飯吃掉好嗎？」安西雅說。「是的，我們玩得開心極了！護身符使周圍變得一片漆黑，然後一道綠光，然後它就開口了。啊！您要是能聽見就好了——那個聲音真惹人愛——它告訴我們說，它的另外半塊已經丟失在過去了，所以我們當然要到過去去找！」

學者用雙手擰擰頭髮，焦急地望著安西雅說：

「我想這是很自然的——年輕人的想像，可是，一定有人……是誰告訴你們護身符有一部分丟失了？」

「我不能告訴您，」安西雅說。「我知道這是不禮貌的，特別是您已經好心好意地把咒語念給我們聽，還有其他種種，可關於告訴我的那個人的情況，我真的不能講給任何人聽。您不會忘掉吃早飯吧？」

學者微微一笑，然後又皺起了眉頭——不是因爲生氣，而是因爲迷惑不解。

他說：「謝謝你，我隨時都歡迎你來——任何時候你從這兒經過——至少……」

「我會來的，」安西雅說，「再見。只要我可以說的事情，我都會講給您聽的。」

學者沒有跟小孩打過很多交道，他不知道是不是所有的小孩都知道這幾個孩子一樣，他尋思了足足有五分鐘，這才定下心來，拿起筆寫他的《阿蒙—拉神❶教士的秘密儀式》煌煌巨著第五十二章了。

＊

孩子們想到將要通過護身符回到過去，心情不用說激動萬分！想到他們也許會留在過去，永遠回不來了，這個念頭決不令人愉快。可是沒有人敢提議不要使用護身符；儘管每個人心裡都非常害怕，但是誰要是提出那個膽怯然而理所當然的主張，說「我們別去了！」那麼，大家都會一齊起來嘲笑他是膽小鬼。

看來有必要爲出去一整天作些準備，因爲沒有理由認爲午飯的鈴聲能遠遠地回送到過去，而且如果他們隨便說什麼——那怕是眞話——都無法滿足老保姆的好奇心，那麼，再去刺激這種好

---

❶阿蒙—拉神：古埃及的太陽神。

奇心好像也就不明智了。他們都因爲充分理解護身符和沙米亞德關於時間和空間等等所說的一切而十分得意，而且確信要使老保姆懂得那怕一個字也幾乎不可能的。所以他們僅僅要求老保姆讓他們把午飯帶到攝政公園去吃，老保姆很爽快地就同意他們把冷羊肉和西紅柿帶走了。老保姆給了西里爾一個先令，說道：

「你們可以自己去買點小麵包或鬆蛋糕，或者喜歡什麼就買什麼。千萬別買百果餡餅，百果餡餅太邋遢，沒有叉和盆子會弄髒衣服，何況你們吃完後也沒法洗手和洗臉。」

於是，西里爾接過那一先令，大家就出發了。他們繞道去買了一塊防水布，等他們到了過去，萬一下雨，就可以把沙米亞德遮起來。因爲沙米亞德身體濕了就肯定活不成。

太陽燦爛地照耀著，甚至倫敦看上去也很美麗。一些女人在兜賣滿籃滿籃的玫瑰花，安西雅買了四朵，四個孩子一人一朵。玫瑰花是紅的，散發出夏天的氣息——這種玫瑰花你在聖誕節最最想要，可是聖誕節你只能買到槲寄生❷，槲寄生顏色灰溜溜的，另外只有冬青，你要是湊過去聞，會被它刺痛鼻子。因此現在每個人鈕孔裡都插著一朵玫瑰花，不一會兒，大家都已經坐在攝政公園草坪的樹底下，鄉下的樹葉是乾乾淨淨、碧綠碧綠的，可是這裡的樹葉卻滿是灰塵，邊緣是土黃色的。

❷槲寄生：一種綠小灌木，聖誕節常用來懸掛飾物。

「我們只好帶著它繼續走，」安西雅說。「珍，由於年齡最大的得先走，你年齡最小，只好排在最後一個。你通過的時候要抓牢護身符，你一定記得吧，小貓咪？」

「我假使不是最後一個就好了。」珍說。

「你願意的話，可以抱沙米亞德。」安西雅說。可是她記起沙米亞德的怪脾氣，又連忙補充一句：「要是牠願意讓你抱。」

不過，沙米亞德卻是意想不到的和氣，牠說：

「誰抱我都行，只要不把我掉在地上就可以了。把我掉在地上我可受不了。」

珍用顫抖的雙手把沙米亞德連同魚簍夾在手臂底下，把穿著長繩的護身符掛在脖子上，然後大家都站了起來。珍把握著護身符的手向上舉起，西里爾就正經八百地唸起了咒語。

當西里爾念咒語的時候，護身符忽然變得高了、大了，他看見珍正站在一個模樣非常奇特的紅色大拱門旁邊。拱門的入口很小，但是西里爾發覺他進得去。拱門外面是攝政公園凋謝的樹木和枯黃的草地，一些衣衫襤褸的孩子正在做游擊戰。可是入口裡面卻閃耀著藍色、黃色和紅色的光芒。西里爾長長地吸了口氣，把兩條腿挺直，不讓另外幾個孩子看見他的膝蓋在顫抖，幾乎撞在一起了。

「來吧！」他叫了一聲，就大踏步走進拱門，消失不見了。安西雅第二個進去。接下來是羅伯特，他聽安西雅的話，牢牢地抓住珍的袖子，把她安全地拉進了拱門。他們剛剛進了拱門，拱

西里爾長長地舒了口氣說：「來吧！」

門就不見了，攝政公園也不見了，只有護身符還在珍手裡，只變成原來的大小了。此刻，他們處在一片光裡，光亮極了！他們不住眨巴著和擦著眼睛。在這個眩目的間歇中，安西雅摸到了護身符，把它塞進珍的連衣裙裡面，因爲那裡最保險。等孩子們的眼睛習慣於新的、奇異的光以後，他們向四面望著。天空非常、非常藍，光彩奪目，就像家裡陽光照耀下的海。

他們正站在一個茂密的矮樹林裡的一小塊空地上，到處是樹木、灌木和一大片糾繞錯結的林下植物。他們前面延伸著一個黑泥堤岸，然後是一條蜿蜒曲折的黃褐色的河，然後是更多乾燥的、結成塊的泥，更多墨綠色的叢林。唯一表明那裡有人居住的東西是那塊空地，一條通向空地的小徑以及河裡一些割下來的蘆葦。

他們互相望著。

「嘿！」羅伯特說：「天氣不一樣！」

果然不一樣。天氣甚至比他們想像得到的倫敦八月的天氣更加炎熱。

「我眞想知道我們是在什麼地方！」西里爾說。

「這裡有條河——不知道是亞瑪遜河❸、台伯河❹，還是別的什麼河。」

---

❸亞馬遜河：在美洲北部，是世界最大的河流之一。

❹台伯河：在意大利中部，流經羅馬。

「這是尼羅河❺！」沙米亞德從魚簍裡伸出頭來說。
「那我們是在埃及了。」羅伯特說，他的地理科學曾經得過獎。
「我可沒有看見什麼鱷魚呀！」西里爾表示不同的意見。他的得獎項目是博物學。
沙米亞德從魚簍裡伸出一隻毛茸茸的手臂，指著水邊一堆泥說：
「你管那叫什麼？」就在它說話的當口，那堆泥滑進河裡去了，就像一塊濕砂漿從砌磋工的泥刀上掉下來。
「哇！」大家都一齊叫了起來。
河對面的蘆葦叢裡「撲通」一響！
「那是一隻河裡的馬！」沙米亞德說，這時，一頭巨獸，像一條其大無比的深灰色的鼻涕蟲，從河遠處黑壓壓的堤岸旁站出來。
「那是一隻河馬，」西里爾用正式的動物學名詞糾正說，「牠好像比倫敦動物園裡的那隻河馬逼真得多，是不是？」
「幸虧牠是在河對面。」珍說。
這當兒，他們後面的蘆葦和細枝發出一陣劈劈啪啪的響聲。這太可怕了！那不用說又是一隻

---

❺尼羅河：在非洲東北部，流經埃及等許多國家，是世界上最大的河流之一。

河馬，或者一條鱷魚，或者一頭獅子——事實上，幾乎什麼都有可能。

「珍，把手按住護身符！」羅伯特急忙說，「我們得準備好一條退路。我敢斷定這個地方我們什麼東西都會碰上。」

「我想我們馬上會碰上一隻河馬，」珍說，「一隻非常、非常大的河馬！」

他們都轉過身來面對危險。

「別冒傻氣！」沙米亞德用友好而漫不經心的語調說，「那不是河馬，是人！」

果然是個人。是一個女孩，年齡和安西雅差不多。她的頭髮是短的、金黃色的；雖然的皮膚被太陽晒得黑黑的，但可以看出，只要不曬太陽，也會是白的。她的皮膚非被太陽曬黑不可，因爲她不穿衣服，渾身一絲不掛，四個英國孩子，連衫裙啊、帽子啊、皮鞋啊、襪子啊、外衣啊、領子啊、還有其他種種東西穿戴得密密實實，對她說不出的羨慕，羨慕的程度，不是他們或我的任何語言能形容的。毫無疑問，在這樣炎熱的天氣，這種穿著打扮是再合適不過了。

女孩頭上頂著一只紅、黑兩色的陶罐。她沒有看見四個孩子——他們躲到叢林邊上去了——逕自走到河邊去把陶罐裝滿水。她一邊走，一邊嘴裡哼著，發出一共只有兩個音的單調難聽的噪聲。安西雅不由地認爲這個女孩可能以爲這種噪聲就是唱歌了。

女孩把罐子裝滿水，把它放在河岸上，然後涉水走進水裡，向一堆割下來的蘆葦稈彎下腰。她從蘆葦叢裡面的水裡捉起幾條小魚，捉一條殺一條，把牠們串在她手裡拿的一根長柳條上，然後把柳條挽了個結，把它掛在她的手臂上，拿起陶罐，轉身回去了。她轉身的時候，劈面看見了四個孩子。在黑色樹林的襯托下，珍和安西雅身上穿的白衣服就像雪一樣鮮明。女孩驚叫一聲，陶罐落在地上，水潑在也落在地上的魚上，然後慢慢地流進深深的裂縫裡。

「別害怕，」安西雅大聲說，「我們不會傷害你的！」

「你們是誰？」女孩問。

女孩怎麼能聽懂安西雅的話，安西雅怎麼能聽懂女孩的話，我不會費神地給你解釋了。即使我解釋給你聽，你反正也不會懂，就像時間和空間只不過是思想的方式你不會懂一樣。你愛怎麼想就怎麼想好了，也許孩子們已經找到一種每個人都能懂的語言，而這種語言聰明人至今還沒有找到。你可能早已注意到，這幾個孩子運氣好得不得了，這次他們也可能交上了好運。也可能是……可是，幹嘛非要打破沙鍋問到底？事實始終是：在他們過去所有的冒險活動中，我們稱為「外語」的笨玩意元從來沒有使他們傷過一點點腦筋。他們總是能懂人家的意思，人家也總能懂他們的意思。要是你能解釋其中的原因，請吧！我敢說我能懂你的解釋，雖然你永遠不會懂我的解釋。

因此，當女孩問：「你們是誰？」的時候，大家馬上都懂了。安西雅回答道：

「我們是小孩子——就和你一樣。別害怕。你能告訴我們你住在哪裡嗎？」

珍把頭伸進沙米亞德的簍子，把嘴巴貼緊在它的毛皮上小聲問道：

「這安全嗎？他們會把我們吃掉嗎？他們是吃人生番嗎？」
沙米亞德抖抖毛，有點生氣地說：
「說話不要嘰嘰嘰嘰地，弄得我耳朵癢癢的。你只要抓緊護身符，就隨時都可以回到攝政公園去了。」
那個陌生女孩嚇得渾身發抖。
安西雅胳膊上戴著一只手鐲。那是七便士一只的便宜貨，充銀的，上面掛著一顆青綠色的玻璃心，是老保姆家裡的打雜女工送給她的。
她對女孩說：「喏，這個東西送給你，表示我們不會傷害你。你要是收下，我就知道你也不會傷害我們。」
女孩伸出一隻手，安西雅把手鐲放在她手裡，女孩的臉上露出了喜悅的笑容。
「好的，」她欣喜地望著手鐲說，「這是你們一家和我們一定和睦友好的象徵。」
她拿起魚和水罐，沿著她來的那條羊腸小徑走去，四個孩子跟在她後面。
「眞夠味兒！」西里爾說，想裝出勇敢的樣子。
「不錯！」羅伯特說，也裝出無所畏懼的樣子，其實他絕對沒有這種感覺。「這是一次眞正的冒險！因爲這是在過去，跟火鳥和魔毯中發生的事情大不相同。」
茂密的刺槐樹和灌木地帶——極大多數是有刺的，形狀很難看——似乎有半哩寬。路是狹窄的，樹林裡是黑壓壓的。最後，前面樹木的枝葉透露出日光。

整群人突然從樹林的陽光蔭影裡出來，進入強烈的陽光，陽光照射在一大片黃沙上，黃沙上到處是一堆堆灰色的石頭，長而尖的仙人掌那腌臢的葉子中露出豔麗的大紅和粉紅的花。右面有個棕灰色的籬笆，縷縷炊煙裊裊升向藍色的天空。太陽照耀著大地，使你熱得直想把衣服脫掉。

「我就住在那兒！」女孩用手指著說。

「我不去，」珍小聲向簍子裡說，「除非你說沒問題。」

沙米亞德一定被這種信任的表現感動了。不過，牠也可能把它當作懷疑的表現了，因爲牠只是怒沖沖地說：

「你要是不去，我永遠不再幫你們了。」

「啊，」安西雅小聲說，「親愛的珍，別這樣！讓爸爸媽媽還有我們大家都稱心如意，那該有多好啊！何況我們隨時都可以回去的。去吧！」

「再說，」西里爾低聲說，「沙米亞德一定知道沒有危險，要不然牠不會去的。你要勇敢點，去吧！」

珍終於同意去了。

當他們走近那個棕灰色的籬笆時，他們看見那是一條挺大挺大的樹籬，約摸八呎高，是用多刺的灌木築成的。

「那是做什麼用的？」西里爾問。
「抵禦人和野獸的。」女孩回答。
「我想也是這麼回事，」西里爾說。「唷，有些刺跟我的腳一樣長哩。」
樹籬裡面有個缺口，他們跟著女孩從缺口進去。稍過去一點又有一條樹籬，沒那麼高，也是乾掉的荊棘構成的，看上去橫眉豎眼，怪可怕的，樹籬裡面有個村莊。
村莊裡沒有花園，沒有道路，只有用木頭、樹枝和泥土造的小屋，屋頂是木棕櫚樹葉蓋的，雜亂無章地到處都是。這些屋子的門非常低矮，就像狗窩的門。屋子中間的地不是小路或街道，而只是踩得很硬很平滑的黃沙。
村莊當中有一個樹籬，把一塊和孩子們自己家裡的花園差不多大的地圍了起來。
四個孩子剛剛走進裡面一個樹籬，馬上就有幾十個男人、女人和兒童從屋子裡裡外外出來，把他們團團圍住。
女孩用保護的姿態站在四個孩子前面，說道：
「他們是從沙漠那邊來的奇人。他們帶了好得不得了的禮物，我已說過那是我們和他們和睦友好的象徵。」
她伸出那條戴著充銀手鐲的胳膊。
孩子們是從倫敦來的，那兒的人見多識廣，可是他們從來沒有看見這那麼多臉露驚訝的人。

人們把四個孩子團團圍住，用手摸他們的衣服、鞋子、男孩茄克衫上的鈕釦和女孩項圈上的珊瑚。

「你說點什麼吧。」安西雅小聲說。

「我們是從——」西里爾開始說了，他依稀憶起可怕的一天，那天他父親在辦公室會見一位客人，他只好在外屋等著，而外屋除了《每日電訊報》之外，什麼可讀的也沒有，「我們是從日不落國家來的，我們需要的是光榮和平。我們是偉大的盎格魯·撒克遜人，是征服者。我們並不是要征服你們——」他急忙補充一句，「我們只想看看你們的房子和你們的——哎，你們這兒所有的一切，看了以後就回到我們自己的地方去，把我們看到的一切告訴大家，讓你們聲名遠播。」

西里爾的講話並沒有阻擋住人群，他們還是一個勁兒地擁上前來，眼巴巴地望著孩子們的衣服。安西雅覺得這些人從來沒有看見過紡織品，對於那些除了獸皮以外從未穿過衣服的人來說，紡織品眞是太神奇了。現代衣服的縫製也彷彿使他們非常感到驚訝。不過他們自己一定也會縫製，因爲那些看上去像首領的男人都穿著羊皮或鹿皮製的燈籠褲，用獸皮搓成的帶子攔腰縛住，婦女們則腰裡束著獸皮製的長裙。這些人個兒不高，頭髮是淡黃色的，男男女女一律剪得很短。他們的眼睛是藍的，這在埃及似乎很特別。他們絕大多數身上都像水手一樣刺著花紋，只不過刺得更加粗糙。

「這是什麼？這是什麼？」他們好奇地摸著孩子們的衣服不住地問。

安西雅急忙取下珍的荷葉邊衣領，把它送給一個態度好像最和善的女人：

「拿去看吧，別再來打擾了。我們自己要好好談一下。」

她用的是一種命令式的口氣，每當她沒有功夫哄她的小弟弟聽話的時候，這種口氣總是很管用。現在這種口氣同樣也管用，人群離開孩子們，退到十幾碼外的地方，爭著看衣領，同時拼命七嘴八舌地說話。

那些人到底說了些什麼，四個孩子永遠不會知道，但是他們清楚地知道談話的主題是他們這四個陌生人。他們試圖借助回想女孩友好的保証來自慰，但是，護身符的念頭當然比任何其他東西更令他們感到安慰。他們在林中被樹籬圍起來的蔭涼地方坐下，這才有功夫往四下看看，看看除一群急切好奇的臉之外的其他東西。

這功夫，他們注意到婦女們都戴著用各種不同顏色石頭珠子做的項圈，項圈上掛著一些奇形怪狀的飾物，有些婦女還戴著象牙和燧石手鐲。

「呀，」羅伯特說，「要是我們留在這裡有多少事情可以教他們呀！」

「我想他們也可以教我們不少事情，」西里爾說。「你看見安西雅給她衣領的那個女人戴的燧石手鐲嗎？做它要花好些功夫呢。哎，我們老是自己說話，他們會起疑的，可是我眞想知道他們是怎麼製作東西的。我們去叫那個女孩帶我們四處瞧瞧，同時好好想想怎樣去把半塊護身符弄

珍的荷葉衣領

到手。只不過要注意，我們一定要待在一起。」

安西雅向女孩做了個手勢，那女孩正站在稍遠的地方依依不捨地望著他們，一看見手勢立刻高高興興地過來了。

「請告訴我們那些石手鐲是怎樣做的。」西里爾說。

「用別的石頭做的，」女孩回答，「我們有一些人專門做手鐲的手藝。」

「你們沒有鐵工具嗎？」

「鐵工具？」女孩說，「我不懂你的意思。」這是她不懂的第一個字。

「你們所有的工具都是燧石做的嗎？」西里爾問。

「當然囉！」女孩說，把眼睛睜得大大的。

我但願能有時間把談話內容統統告訴你。四個英國兒童想要聽關於這個新地方的所有一切，可是他們也想要把他們自己國家的一切講給對方聽。這就像你從外面度假回來，既急著要說，又急著要聽。隨著談話的進行，女孩不懂的字越來越多了，孩子們很快就放棄了把他們國家的情況解釋給她聽的打算，因為他們開始明白，在他們一向認為沒有就不能生活的東西中，居然有那麼多東西是生活根本不需要的。

女孩指點給他們看屋子是怎樣造的，那天正巧有一所屋子在造，她就帶他們去看。造房子的方法跟我們完全不一樣。人們先把一排粗長的木頭打進一塊面積和他們要造的房子一樣大的地裡，每根木頭相距八英寸，然後在距第一排八英寸的地方打進第二排，再打進第三排，這樣一排排打下去。最後再把木頭之間所有的空隙用細小的樹枝填滿，再抹上用腳踩得像油灰一樣雙軟又粘的黑泥。

女孩告訴四個孩子，男人們怎樣用石槍和石箭打獵，怎樣用蘆葦和泥造船。然後她又解釋了她從裡面捉出魚來的那個河的蘆葦做的玩意兒。那是一個魚陷阱網——就是在水裡用蘆葦圍成一圈，中間只留一個小石子，這個口子在水下面，朝水流方向斜插進許多蘆葦稈，就笨頭笨腦地游進去，就笨頭笨腦地再也出不來了。女孩給他們看了泥罐泥瓶和泥盆，其中有些裝飾著黑、紅兩色的圖案，還給他們看了用燧石和不同種類石頭做的最奇妙的東西以及各種各樣的工具和武器。

「這眞是不可思議，」西里爾老氣橫秋地說，「要是你考慮到那是八千年——」

「我不明白你的意思！」女孩說。

「那不是八千年前，」珍小聲說：「那是現在——而我不喜歡的正是這個。我說，我們還是趁早回去吧。你明知道護身符不在這裡。」

「那個地方當中是什麼？」安西雅突然有了個念頭，指著籬笆問。

「那是秘密聖地，」女孩小聲說，「誰也不知道裡面有些什麼。那兒有許多座牆，它在最裡面一座牆裡，不過除了頭人（首領）誰也不知道它是什麼。」

「我想你是知道的。」西里爾眼睛牢牢地盯住她說。

子戒指。

「你要是告訴我，我就把這個東西送給你。」安西雅從手上摸上一個已被大家讚不絕口的珠

「好的，」女孩急忙把戒指抓在手裡，「我父親是頭人之一，我知道有一個咒語能使他在夢中說話。他已經說了。我來告訴你。可是他們要是知道我告訴了你，會把我殺死的。在最最裡面一座牆裡，有一個石匣子，護身符就在石匣子裡。沒人知道它是從哪裡來的。它是從非常遠的地方來的。」

「你看見過它嗎？」安西雅問。

女孩點點頭。

「它就跟這個一樣嗎？」珍魯莽地把護身符拿了出來。

女孩的臉刷的一下白了。

「快把它藏起來，藏起來，」她低聲說，「你必須把它放回去。要是被他們看見，他們會把我們統統殺掉的。殺你是因爲你手拿著它，殺我是因爲我知道有這樣一個東西。啊，倒楣，倒楣！你幹嘛要到這裡來啊？」

「別害怕，」西里爾說，「他們不會知道的。珍，別再做這種傻事了，要是再做，你知道會有什麼後果。現在，告訴我——」他轉向女孩，可是他還來不及提出問題，只聽見一聲大叫，樹裡的缺口裡跳出一個人。

「許多敵人來攻打我們了！」

「許多敵人來攻打我們了！」那人叫道。「快作好防禦準備！」

那人只說得出這句話，說完就倒在地上直喘氣。

「啊，我們快回去吧！」珍說。「哎──我不在乎──我會的！」

她把護身符向上舉起，幸虧所有那些怪人都忙極了，顧不及她。她把護身符向上舉起。可是什麼也沒有發生。

「你還沒有念咒語哪！」安西雅說。

珍於是馬上念了咒語，但還是什麼都沒有發生。

「把它向東方舉起，你眞笨！」羅伯特罵她。

「哪兒是東方？」珍問，害怕得有點暈頭轉向了。

誰都不知道哪兒是東方。於是他們就打開魚簍問沙米亞德了。

魚簍裡只有一塊防水布。

沙米亞德不在了。

「快把那個聖物藏起來！快把它藏起來！藏起來！」女孩一疊連聲地叫。

西里爾聳聳肩膀，儘量裝得天不怕地不怕的樣子。

「把它藏起來，小妞，」他對珍說。「我們倒楣了。我們得留下來堅持到底。」

5 村莊裡的戰鬥

情況實在糟透了！四個英國兒童，他們的準確年代是公元一九〇五年，他們的準確地址是倫敦，於公元前六千年來到了埃及，沒有任何辦法可以回到他們自己的時間和地點。他們找不到東方，太陽也幫不了他們的忙，因爲某一個好管閒事的人曾經向西里爾解釋過，說是太陽並不眞正是從西方落下去，也不是眞正從東方升起的。

沙米亞德趁他們不注意的時候，已經從魚簍裡爬出來，卑鄙地把他們拋棄了。

敵人正在附近，戰鬥即將爆發。戰鬥是要死人的，參加戰鬥的念頭對孩子們可一點也沒有吸引力。

那個帶來敵人消息的人還躺在地上喘氣，舌頭伸出在外面，又長又紅，像狗舌頭。村民們在急急忙忙用帶刺的灌木把籬笆裡面的缺口塡沒，灌木堆在旁邊，好像就是爲了這種需要而堆放在那裡的。他們用長杆把一簇簇灌木挑起來，就好比現今家鄉的人用叉把乾草叉起來。

珍咬緊嘴唇皮，盡力不哭出聲來。

羅伯特從口袋裡摸出一支玩具槍，裝上一張粉紅色的火藥紙。這是他唯一的武器了。

西里爾把他的皮褲帶收緊兩個孔。

安西雅卻心不在焉地把已經蔫了的紅玫瑰花從另外幾個孩子鈕孔裡拿下來，咬掉花梗的末梢，把它們插在一罐水裡，這罐水就放在一座小屋門前的陰影裡。她對花向來愛得發痴。

「聽著！」她說。「我想沙米亞德也許是在爲我們張羅什麼。我不相信牠會自個兒溜掉，把我們扔在過去不管。我敢肯定牠不會的。」

珍終於做到不哭了——至少是這會兒不哭。

「可是，珍能做些什麼呢？」羅伯特問。

「什麼也不能，」西里爾回答得很乾脆，「除非就是提高警惕。瞧！那個跑來報信的人緩過神來了，我們去聽聽他說些什麼。」

那個報信的人已經爬了起來，正蹲坐在地上。此刻他站起來說話了。他先向村子的頭人們致了意，接著就說了一番非常有意思的話：

「我乘了筏子去捉野鴨子，順流而上走了約摸一個鐘頭，然後張了網等著。忽然啊，我聽見許多翅膀拍擊的聲音，抬頭一看，只見許多鷺在空中轉圈子。我看出牠們是受了驚嚇，就尋思開了。一隻野獸也許會突然向一隻鷺撲上去，使它受到驚嚇但是沒有一隻野獸能使整整一群鷺受到驚嚇。可是牠們一直在天空轉圈子，不肯飛落下來。所以我就知道使鷺受到驚嚇的一定是人，這些人不懂得我們趁鳥獸不備輕手輕腳把它們捉住的方法。從這一點我知道他們不是我們這個種族

「這些人和你們是一伙的，你們替他們當奸細。」

的人，也不是我們這個地方的人。於是我就跳下筏子，沿著河岸爬過去，終於看到敵人了。他們的數目就和沙漠裡的沙一樣多，他們的矛頭在太陽下閃發出紅光。他們是些可怕的人，正在朝我們走來。我看見以後，撒腿就跑，一直跑到你們跟前來。」

「這些人和你們是一伙的，」頭人突然怒氣沖沖地轉向西里爾說：「你們替他們當奸細。」

「我們不是的，」西里爾憤怒地回答，「我們不替任何人當奸細。這些人肯定和我們一點也不像。他們像嗎？」他問那個報信的人。

「不像，」那人回答。「這些人的臉是塗黑的，頭髮像黑夜一樣黑。不過這幾個陌生孩子也許是他們的頭兒，預先到這兒來爲他們開路的。」

人群中響起一陣嘰嘰喳喳的說話聲。

「不是的，不是的，」西里爾又說了，「我們是站在你們這一邊的。我們願意幫你們保衛你們的聖物。」

西里爾知道有聖物需要保護，頭人好像感動了。他向孩子們盯著看了會兒，然後說：

「那好吧。現在我們大家來貢獻祭品，好讓我們在戰鬥中有力量。」

人群散去了，九個穿羚羊皮的人聚集在村中央籬的缺口前面。轉眼之間，九個人挨個兒獻上了各式各樣的東西——河馬肉、鴕鳥羽毛、棗椰果、紅堊、白堊、河裡捕來的魚和山間捉來的羊，頭人把這些禮品統統收了下來。第一道籬笆裡面，約摸一碼開外的地方，另外還有一道籬笆，因此兩道籬笆之間有一條狹窄的過道。時不時，頭人中的一個雙手捧滿東西消失在這條過道裡，又空著手回來。

「他們在向他們的護身符貢獻祭品，」安西雅說：「我們最好也給點什麼。」

大伙的衣袋都匆匆地翻過了，拿出一根粉紅色的線帶、一小塊封蠟、還有一支沃特伯里錶❶

❶沃特伯里錶：美國康乃狄克州中西部城市生產的錶。

零件，這支錶是羅伯特在聖誕節時把拆開了，怎麼也沒功夫復原。極大多數男孩都有這樣殘缺不全的錶。

他們獻上了他們的祭品，安西雅把紅玫瑰花也加了上去。

頭人接過祭品以敬畏的目光望著它們，特別是紅玫瑰花及沃特伯里錶的殘餘部分。

「今天發生了許多稀奇事兒，」頭人說。「我已經驚訝得說不出話來。我們的小姑娘說你們要和我們和睦友好。不過現在敵人來了，我們應該核實一下。」

孩子們渾身打顫。

「現在說吧，你們是站在我們這一邊的嗎？」

「是的。我不是再三聲明我們是站在你們那一邊的嗎？」羅伯特說。「聽著，我來做個試驗。看見這個東西嗎？」他把玩具槍拿了出來。「我跟它說話，要是它回答，你就知道我和另外幾個人是來保衛你們的聖物的——我們剛向它獻了祭品。」

「你手裡拿的那個神像是對你一個人說呢，還是我也能聽？」頭人小心地問。

「你聽見了會奇怪死的，」羅伯特說。

「好吧，」他看著玩具槍說：「如果要我們保衛那裡的聖物，」他指指籬笆圍住的地方，「請你大聲說，我們一定服從。」

他扣了板機，火藥炸了。聲音很響，因為這是兩先令一支的槍，火藥是頂刮刮的。

村裡每一個男人、女人和孩子都撲倒在地上。

接受試驗的頭人第一個站起來，說：

「它已經說過了。帶他們到聖物前面的廳裡去吧。」

於是，四個孩子就被領著穿過籬笆的缺口，順著過道走去，最後來到了裡面一道籬笆的一個缺口，他們穿過這個缺口，又進入另一條過道。

所有的籬笆都是用砍下的樹枝和荊棘築的，形狀是這樣的：

「它就像漢普頓大院的迷宮。」安西雅小說。

過道都是露天的，可是迷宮中央的小屋卻有一個圓頂，門口掛著一張獸皮的簾子。

「你們可以在這兒等，」領路的人說，「不過千萬別到簾子裡面去。」他自個兒卻走進簾子不見了。

「聽著，」西里爾小聲說，「我們得有個人守在外面，萬一沙米亞德來了好接應。」

「我們無論做什麼事都不要分散，」安西雅說。「和沙米亞德分散已經夠糟了。那個人在的時候，我們什麼也不能做。我們統統回村子裡去吧。現在我們認得路了，待會兒可以再來。要是戰鬥打響，那個人八成要和別人一樣去戰鬥。要是我們找到沙米亞德，立刻就回去。時間一定很晚了，這個轉彎抹角的地方我也不太歡喜。」

他們走到外面，告訴頭人說，等戰鬥打響，他們將會挺身出來保衛那樣寶物。這當兒，他們往四下瞧，恰巧看見一個人在把一個箭頭或斧頭磨快——這種景象而今在世的人誰也沒有見過。孩子們覺得這些武器非常有趣。箭頭不是像你用弓發射那樣裝在箭上，而是裝在標槍上，用手投擲的。主要的武器是一塊石頭，縛在一根短棒上，就像強盜攔路搶劫時代人們經常帶在耳邊稱爲護身棒的東西。另外還有一些長矛或長槍之類的武器，裝著鋒利得嚇人的石刀和石斧。

村裡所有的人都忙忙碌碌，整個地方就像你無意中踩上一個螞蟻窩。婦女甚至兒童都忙得不可開交。

猛然，空氣彷彿在燃燒，變成火一樣紅，活像一扇爐門突然打開——你如果有幸到伍爾維奇兵工廠去參觀，就會看到這個景象——接著爐門又幾乎同樣突然地關上。因爲太陽已經落下去，夜來臨了。

八千年前，太陽習慣於在埃及突然落下去，我想它一直沒有能夠改掉這個習慣，到今天還是用同樣方式落下去。女孩拿來了一些野鹿皮，把孩子們領到一堆乾草前面。

「我父親說敵人眼下還不會進攻。你們睡吧！」女孩說。這個主意的確不錯。你可能以爲，在這萬分危急的關頭，孩子們會睡不著。可是，不知怎麼的，儘管他們時不時感到害怕，一種感覺卻越來越強烈——在內心深處，幾乎隱藏著的，但仍然在增強——這種感覺就是：應該信任沙米亞德，他們的的確確是安全的。不過他們還是害怕到難以忍受的地步。

「我想我們最好還是睡吧，」羅伯特說。「我們一宿沒回去，可憐的老保姆一定急壞了，沒準叫警察來找了。但願他們能找到我們！眼下來十幾個警察來找了。但願他們能找到我們！眼下來十幾個警察那才好呢。可是犯不著爲它牽腸掛肚。」他用撫慰的口氣補充一句：「晚安。」

他們全都睡著了。

他們被一陣又長、又響、又可時候的聲音驚醒——這聲音好像同時來自四面八方——威嚇的叫喊和吼叫，如西里爾後來所說，就像渴想喝敵人血的人們的聲音。

「那是陌生人的聲音，」女孩顫抖著從黑暗中向他們走來。「他們攻打圍牆被荊棘擊退了。我父親他們在天亮前不會再來進攻，他們叫喊是想嚇唬我們。把我們當野蠻人！沼澤地的居民！」她憤怒地叫道。

可怕的嘈雜聲，持續了整整一個晚上，但是太陽落下得快，升起得也快，太陽一升起，嘈雜聲就忽然停住了。

四個孩子還來不及高興，標槍就像暴雨般從籬笆上面投擲過來了，大家急忙躲到屋子背後。可緊接著對方又扔過來一大串武器，人們只好奔到另一個躲避處。西里爾把一根戮在他旁邊一所小屋頂上的標槍撥出來。槍頭是擦得光亮的銅做的。

接著，叫喊聲又響起了，乾荊棘劈啪發響。敵人正在把籬笆搗毀。全體村民都向劈啪聲和叫喊聲的來源處蜂擁而去，從籬笆上扔石頭，發射帶燧頭的短箭。孩子們從來沒有看見過眼裡露出戰鬥光芒的人。這非常奇怪和可怕，使你喉嚨裡有一種異樣悶塞的感覺，這跟家裡報紙上的戰爭照片完全不一樣。

雨點般的石頭好像把圍攻者打退了。被圍攻者長長地吐出了口氣，但就在這個節骨眼上，叫喊聲和劈啪聲又在村子對面響起了，人們急忙奔過去守衛；就這樣，戰鬥一會兒在這兒打響，一會兒在那兒打響，因爲圍攻者懂得把兵力分散使用，被圍攻者卻不懂。

西里爾發現時不時有一個戰士走進迷宮，出來的時候臉色更開朗了，姿態更勇敢了，腰板也更挺直了。

「我想他們是進去摸護身符的，」他說。「沙米亞德說過護身符能使人們變得勇敢。」

孩子們爬行到迷宮裡面，發現西里爾說得一點不錯。一個頭人站在獸皮窗子前面，當武士們來到他跟前時，他喃喃地念了一句孩子們聽不見的咒語，用一樣孩子們看不清的東西碰武士的前額。這樣東西是拿在頭人手裡的。從他的指縫裡，他們看見一塊他們認識的紅寶石的閃光。

戰鬥在籬笆外面激烈地進行。猛然裡，一個聲音響亮和痛苦地喊道：

「他們進來了！他們進來了！籬笆倒了！」

頭人頓時立刻消失在鹿皮窗子後面了。

「他去把它藏起來了，」安西雅說。「啊，親愛的沙米亞德，你怎麼能扔下我們不管呢？」

突然間，小屋裡傳來一聲尖叫，頭人跌跌絆絆地出來，嚇得面色慘白，穿過迷宮逃走了。孩子們也和他一樣嚇得面無人色。

「啊，怎麼啦？怎麼啦？」安西雅哀叫著。「啊，沙米亞德，你怎麼能這樣狠心？怎麼能這樣狠心！」

戰鬥聲忽而低下去，忽而又猛烈地響起，就像大海裡的波濤起伏不停。

安西雅打了個寒顫，又叫了起來：「啊，沙米亞德，沙米亞德！」

「幹嘛？」一個輕快的聲音說，鹿皮窗子被一隻毛茸茸的手掀起一隻角，沙米亞德的蝙蝠耳朵和蝸牛眼睛從裡面探了出來。

安西雅用雙臂把它抱住，四個孩子全都寬慰地舒了口氣。

「啊！那兒是東方？」安西雅說，她說得很急，因爲瘋狂的喊殺聲已經越來越近了。

「可別把我悶死啊，」沙米亞德說，「進來吧。」

小屋裡漆黑一片。

「火柴我有。」西里爾說，順手划了一根，小屋的地板是鬆軟的沙鋪的。

「我剛才在這兒睡了一覺，」沙米亞德說，「舒服極了！這是我一個月來睡過的最最好的沙。沒事兒。什麼事兒都沒有。我知道你們唯一的機會是在戰鬥打響的時候。那個人不會回來了。我把他咬了一口，他以爲我是妖精。現在你們只要拿了東西走就行了。」

小屋裡掛滿了獸皮。小屋中央堆放著上一夜衆人貢獻的祭品，安西雅的玫瑰花

沙米亞德的蝙蝠耳朵和蝸牛眼睛從裡面探了出來

在最上面，已經枯萎了。小屋的一邊放著一塊正方形的大石頭，石頭上面有一個橢圓形的陶匣，上面刻著一些稀奇古怪的人和獸的圖形。

「護身符在那裡面嗎？」當沙米亞德用皮包骨頭的手指著匣子時，西里爾問。

「你應該自己來判斷，」沙米亞德說。「那人正要把匣子埋在沙裡，我向他撲上去，把他咬了一口。」

「再划根火柴，羅伯特，」安西雅說。「快點！哪兒是東方？」

「哎，當然是太陽升起的地方囉！」

「可是，有人告訴我們——」

「嘿，他們什麼都會告訴你們的！」沙米亞德不耐煩地說，又鑽進魚簍，用防水布把自己裹了起來。

「可是，我們在這兒看不見太陽，太陽不知怎的不升起來。」珍說。

「你們眞會浪費時間！」沙米亞德說。「哎，東方不用說就是聖壇所在的那個地方。在那邊！」

牠用手向大石頭一指。

喊聲殺和石頭敲擊金屬聲仍然越來越近。頭人們本來已經把小屋團團圍住，儘力保護他們的寶物不被敵人搶去。可是，一個頭人被沙米亞德狠狠咬一口後，誰也不敢進來了。

「珍，」西里爾很快地說，「我來拿護身符，你準備好把另半塊護身符舉起來，出來的時候千萬別鬆手。」

他向前跨了一步，但就在那個瞬間，頭頂上一聲巨響，耀眼的陽光照射進來了。一邊屋頂穿了個洞，兩根長矛把大塊大塊的屋頂掀了起來。當孩子們在新的亮光裡哆嗦和眨眼的時候，一些黑乎乎的大手把牆壁拉倒了，一張黑乎乎的臉，長著一個黑糊糊的大鼻子，從裂口裡向下窺視。甚至在那千鈞一髮關頭，安西雅也來得及想起那張臉非常像那個把護身符賣給他們的店主雅各比・艾布薩洛姆先生。

「他們的護身符在這裡，」一個粗啞、陌生的聲音叫道，「就是這塊護身符使他們堅強地戰鬥，勇敢地死去。這兒另外還有什麼——神仙還是鬼怪？」

他惡狠狠地望著四個孩子，他的眼白白得出奇。他嘴裡啣著一把沾滿鮮血的銅刀。

一分鐘也不能耽擱了。

「珍，珍，快！」大家一齊緊張地喊著。

珍用顫抖的雙手把護身符向東方高高舉起，西里爾念了咒語。護身符變成了一個巨大的拱門。拱門外是埃及明亮的天空、倒坍的牆以及那些凶惡、黝黑、長著個大鼻子的臉，閃閃發亮的牙齒裡啣著一把沾滿鮮血的刀。拱門裡面是倫敦灰黃的草和樹木。

「抓緊，珍！」西里爾一邊叫一邊飛也似地穿過拱門，把安西雅和沙米亞德拖著跑。羅伯特

「抓緊，珍！」

緊緊抓住珍的衣服跟在後面。

當他們跑出護身符變的拱門時，每個人身邊激烈的戰鬥聲突然完全消失了，只聽見大倫敦那低沈單調的喧鬧聲、麻雀在砂礫上的啄食聲以及衣衫襤褸的兒童在踩得發黃的草地上做游擊戰發出的聲音。珍手裡重新又是那塊小小的護身符，盛午飯和果子麵包的籃子還在原來的地方放著。

「哇！」西里爾長長地吐了口氣，「這眞有點像冒險！」

「是像冒險。」沙米亞德說。

他們都靜靜地躺著，呼吸著攝政公園安全、寧靜的空氣。

「我們最好馬上回去，」過了不多一會兒，安西雅說。「老保姆會急壞的。太陽就跟我們昨天出來時差不多。我們已經出來二十四個小時了。」

「麵包還很軟哩，」西里爾摸摸一個麵包說，「大概是露水使它們保持新鮮的。」

眞奇怪，他們肚子倒是一點也不餓。

他們拿起盛午飯的籃子和放沙米亞德的魚簍，逕直回家去了。

老保姆見到他們驚訝極了！

「哎喲，眞是怪事兒！」她說。「怎麼啦？你們對野餐馬上就厭倦了。」

四個孩子認爲老保姆是挖苦，意思恰好相反，目的是讓你難受；就好比你臉上弄髒了，而人家說，「你看上去眞乾淨，眞漂亮！」

「我們非常抱歉！」安西雅剛說了一句，就被老保姆打斷了。

老保姆說：「哎喲，孩子，我才不在乎呢！只要你們快活，我也就快活了。快進來舒舒服服地吃飯吧。馬鈴薯在煮著哪。」

老保姆去照料馬鈴薯了，四個孩子互相望著。難道老保姆完全變了個人了？他們出去二十四個小時——事實上是整整一個晚上——不作任何解釋，可是她一點也不在乎！

可是，沙米亞德從簍子裡伸出頭來說：

「什麼道理？你們不懂嗎？你們從護身符變的拱門進去，有從護身符變的拱門出來是同一個時間。這不是明天！」
「難道還是昨天？」珍問。
「也不是昨天，是今天。就和從來都是如此一模一樣。把現在和過去攪和起來，從這一個割下一點放到那一個中去是不行的。」
「這樣說，整個冒險活動壓根沒有花時間？」
「你願意的話可以這樣說，」沙米亞德說。「反正沒有花去現在一點時間。」
那天晚上，安西雅送了一客牛排上去給學者當飯吃。她說服比阿特麗絲——打雜女工，鑲籃寶石的手鐲就是她送的——讓她把它送上去。學者吃飯時，特意邀請她留下，跟他談話。
安西雅把全部冒險經歷都讓給學者聽，她是這樣開頭的：
「今天下午我們發現自己在尼羅河岸上。」
結尾是這樣的：
「我們想起該回家了，人就已經在攝政公園了，一點時間都沒有花。」
關於護身符或沙米亞德的事兒，她一個字也沒提，因爲那是被禁止的，但是冒險本身已經夠刺激，即使對學者來說，也足夠使他入迷了。
「你這個小女孩眞不簡單，」學者說，「所有這些事情是誰告訴你的？」
「誰也沒有告訴我，」安西雅說，「它們就這樣發生了。」

「騙人！」學者慢吞吞地說，就好像一個人想起並且說出一個忘了很久的詞似的。

安西雅走了以後，學者獨自一人坐了好長時間，最後，他猛然醒悟道：

「我眞的應該休幾天假了，我的神經一定出了毛病。我有一個非常清楚的印象，樓下那個小姑娘進來向我頭頭是道地講了我認爲是古埃及的生活情景。眞奇怪，頭腦會開這麼大的玩笑！我以後可得小心點了。」

他認認眞眞地吃完飯，在重新工作之前，果然去散了一哩路的步。

6 到巴比倫之路

到巴比倫有多少哩路？
七十哩！
我能借蠟燭光到那裡嗎？
能，還能回來！

珍妮在輕輕地向她的布娃娃唱歌，把布娃娃放在她爲她自己和布娃娃造的房子裡，來來回回地搖著。

房子的頂是餐桌，牆壁是台布和沙發套，掛在桌子四周，頂端用放在桌邊的書壓住。

另外幾個孩子在品嘗家庭滑雪游戲嚇人的樂趣。你知道這是怎麼做的——是用最大最好的茶盤和樓梯地毯的表面：坐在茶盤上從地毯上下來。做這個遊戲最好是在樓梯夾地毯的棍子取下來清洗地毯只被釘子在頂部釘住的那些日子裡。當然囉，這是大人們最不公正地對待的五、六種頂刮刮的遊戲中的一種——老保姆儘管在許多方面都是個活菩薩，在這方面卻是個地道的大人，做滑雪遊戲的人還沒有一半盡興，她已經出來干涉了。茶盤被拿走了，一幫人進了起居室，一個個都氣呼呼的。

西里爾說：「攪得一塌糊塗！」

羅伯特找補一句：「別唱了，珍！」

安西雅平時脾氣是最好的，這會兒就連她也勸珍換一支歌唱。她說：「我聽得都膩死了！」

那是一個下雨天，所以免費遊覽倫敦名勝的許多計劃一個也不能實現。一早上，大家都在想著上一天奇妙的冒險經歷，那時珍把護身符向上舉起，護身符變了一個拱門，他們從那個拱門逕直走出了現在的攝政公園，進入了八千年前埃及的國土。昨天發生的事兒還極其鮮明，極其可怕，因此每個人都希望沒人會提議再到過去去作一次旅行，因爲大家都似乎覺得昨天的經歷至少可以維持一星期。但是每個人又都有點焦急，但願別人不要認爲他害怕。很快地，西里爾——他確實並不是一個膽小鬼——就開始明白，要是他認爲自己是個膽小鬼，那是很奇妙的。

所以，他說：

「珍，出來，關於那個護身符我們應該談談。」

「啊，不是已經完了嗎？」羅伯特說。

珍乖乖地扭動身子爬到她的房子前面，在那兒坐下。

她摸摸護身符想確保它還套在她的脖子上。

「還沒有完！」西里爾很兇地說，因爲他認爲羅伯特的口氣很無禮。「我們應該去找那半塊護身符。一塊呱呱叫的護身符，要是就那麼擱著，又有什麼意思呢？」

「我什麼都敢，」羅伯特說，可他又騎士氣概地補充一句：「只不過我覺得女孩們今天似乎不大起勁。」

「不，我起勁的，」安西雅急忙聲明。「你以爲我害怕，我才不哩！」

「我可害怕，」珍沒精打彩地說，「我不喜歡，我不願意再到那裡去——決不！」

「不是再到那裡去，傻瓜，」西里爾說，「我們是去另一個地方。」

「這個地方肯定有獅子和老虎。」

別的孩子看見珍膽子那麼小，不由地都感到氣壯如牛。他們一齊說他們應該去。

「不去太對不起沙米亞德了。」安西雅做出一本正經的樣子說。

珍霍地站了起來，她橫下一條心了。

「我不去！」她叫道：「我不去，我不去，我不去！要是你們逼我去，我會叫，我會告訴老保姆，我會叫她把護身符放在廚房火裡燒掉。你們瞧著吧！」

你可以想像得出大家對珍是多麼惱火，因爲她的感覺正就是他們每個人一早上的感覺。每個人心裡都產生同一個念頭：「誰都不能說這是我們的過錯。」

他們馬上開始向珍表示，他們是多麼氣憤，因爲全部過錯都在她一個人身上。這使他們感到十分勇敢。

羅伯特唱了起來：

搬弄是非的丫頭爛舌頭，
鎮裡所有的狗都嚐一小塊。

「隨便什麼事情有女人參加總是這樣的，」西里爾恨地說，這比羅伯特惡毒的歌詞更壞，甚至安西雅也說：「我是個女人，但我才不怕哩！」這句話當然是最厲害的了。

珍抱起布娃娃，以俗話所說「破釜沉舟」的架勢沖著另外幾個孩子說：

「我不在乎，我就是不去！去你不願去的地方，又不知道那兒是什麼樣的，就是笨！你們要笑我儘管笑好了。你們是畜生——我恨你們每個人！」

說完，她走了出去，把門「砰」地一聲關上。

另外幾個孩子不敢互相看，他們不像剛才那樣覺得氣壯如牛了。

西里爾拿起一本書，可是沒有心思看。羅伯特心不在焉地踢著椅子腿；在感情衝動的時刻，他的兩隻腳總是最能說明問題。安西雅站在那裡，把台布邊卷成褶子——她好像一個勁兒要把所有的褶子卷成同樣大小。珍的哭聲逐漸消失了。

突然間，安西雅說：「啊，算了——可憐的小貓咪，你們知道她年紀最小。」

「她罵我們是畜生！」羅伯特說，把椅子狠狠踢了一腳。

「好吧，」西里爾說，他喜歡主持公道，「你知道，這是我們惹出來的，至少是你惹出來的。」西里爾的公道總是最堅定不移的。

「要是你讓我去賠禮道歉我才不哩！」羅伯特說，又把椅子踢了一腳。

「啊，算了，」安西雅說。「我們是三對一，再說，媽媽最恨我們吵架。來吧。我先賠禮，雖然我幾乎啥也沒說。」

「好吧，我們去把這件事解決吧，」西里爾說著把門打開。

「嗨——你——小貓咪！」

老遠樓梯高興能聽見一個聲音在斷斷續續地唱，不過聲音仍然是挑戰性的：

到巴比倫（縮鼻涕）有多少哩路？
七十哩！（縮鼻涕）
我能借蠟燭光到那裡嗎？
能（縮鼻涕），還能回來。

這眞難堪，因爲這明明是跟你過不去。可是安西雅沒有閒功夫去想。她帶頭走上樓梯，一步跨三級，來到珍跟前，珍正坐在最高一級樓梯上，和著她唱的歌的節拍重重地捶著布娃娃。

「喂，小貓咪，算了！我們向你賠禮道歉——」

這就夠了。

大家都吻了珍跟她言歸於好。珍年紀最小，有資格接受這個禮節。

安西雅還語重心長地說了一番話：

「對不起，我太笨了，親愛的小妹妹，特別是因爲我心底裡一直覺得還是不要再到過去去爲好。不過你要想一想，要是我們不去，我們就拿不到護身符。啊，小妹妹，想一想，要是能讓爸爸媽媽和小弟弟平平安安回來，那該有多好啊！我們非去不可，不過你要是願意的話，我們可以等上一、二天，那時你也許就會更勇敢點了。」

「生肉會使你變得勇敢，無論你膽子多麼小，」羅伯特說，表示他現在已經沒有惡意了。「還有酸果——這是韃靼人吃的——也使他們變得勇敢。我想酸果只有聖誕節才有，可是你願意的話，我會叫老保姆把你的排骨儘量做得生一點。」

「我想我不吃生肉也能勇敢，」珍急忙聲明，她最怕吃半生不熟的肉。「我會努力的。」

這功夫，學者的房門開了，學者從裡面探出頭來。

「請原諒，」他用他的那種溫和然而有點疲倦的聲調說，「我想我剛才聽見一個熟悉的字沒有聽錯吧？你們不是在唱一支古老的巴比倫民歌嗎？」

「不，」羅伯特說，「是珍在唱《多少哩路》，不過我認爲您聽不清歌詞，因爲——」

他本要說：「因爲縮鼻涕。」，可是安西雅及時擰了他一把。

「我沒有聽清所有的詞，」學者說，「你們肯朗誦一遍給我聽嗎？」

於是，他們一齊朗誦了：

到巴比倫有多少哩路？
七十哩！
我能借蠟燭光到那裡嗎？
能，還能回來！

「但願眞有人能做到就好了！」學者嘆了口氣說。

「難道不能嗎？」珍問。

「巴比倫已經毀了，」他又嘆了口氣。「巴比倫曾經是一座偉大而美麗的城市，是文化和藝術的中心，可是它現在只是一片廢墟，埋在地底下，它過去到底在什麼地方，人們的看法甚至都不一樣。」

學者把身子靠在樓梯扶手上，眼裡有一種迷惘的神情，彷彿他能透過樓梯的窗子望見巴比倫的輝煌榮耀。

「喂，」西里爾突然說，「您還記得那塊護身符嗎？」

「記得！」

「好，您認為那塊護身符從前是在巴比倫的嗎？」

「這很有可能，」學者回答。「這種護身符在埃及的古墓裡發現過，可是它們的來源沒有被確定為埃及。它們可能是從亞洲帶來的。或者，假定護身符是在埃及做的，也很有可能被一個友好的使節帶到巴比倫，或者被巴比倫軍隊從某一個埃及戰役中作為戰利品帶回來。護身符上刻的字可能護身符晚得多。啊，是的！我們可以愉快地設想，你們那個了不起的標本曾經在巴比倫環境中使用過。」

孩子們互相望望看，可是珍說話了。

「巴比倫是野蠻人，老是吵架打仗嗎？」她這樣問是因為她從自己的恐懼心理識透了別人心裡的想法。

「巴比倫人肯定比亞述人文明得多。」學者說。

「他們決不是野蠻人。他們文化水準非常高，」他懷疑向他的聽眾望望，又繼續說下去，「我的意思是說，他們製作了許多美麗的雕塑和珠寶，修建了許多宏偉的宮殿。他們很有學問，他們有出色的圖書館，還造了許多高塔來觀測天象，預卜人間事務。」

「哦？」羅伯特聽不懂。

「我意思是說觀察星星和算命，」學者說，「那兒還有神殿和美麗的空中花園。」

「您同意的話，我願意到巴比倫去，」珍突然說，別的孩子連忙說「一言爲定！」讓她來不及改變主意。

「啊，」學者笑了，笑得相當憂傷，「人年輕的時候想像力多麼豐富呀！」他又嘆了口氣，然後，裝出輕鬆愉快的樣子說：「希望你們玩——玩得開心。」說罷，他就回進自己房裡，把門關上了。

「他說『開心』就像一個外國字似的，」西里爾說。「好，我們抱了沙米亞德走吧。巴比倫這個地方好極了，我們一定得去！」

因此，他們叫醒沙米亞德，把牠放在簍子裡，防水布也一同放進去，萬一巴比倫天氣惡劣就可以派上用場。沙米亞德情緒很壞，可是牠說牠還是願意到巴比倫去。「那兒的沙最好了！」牠補充一句。

於是，珍把護身符向上舉起，西里爾說：

「我們想要到巴比倫找尋你失落的一半。請你讓我們通過你到那兒去好嗎？」

「請你就把我們放在門口好了，」珍急忙說，「這樣，我們要是不喜歡那個地方，就用不著進去了。」

「別去一整天。」沙米亞德說。

於是，安西雅匆匆念咒語，沒有咒語，護身符什麼都做不了。

「烏——赫考——塞奇！」她輕輕地念，當她念的時候，護身符變成了一個拱門，拱門很高很高，頂一直碰到臥室的天花板。拱門外面是臥室彩繪的五斗櫥，基德明斯特地毯、臉盆架——臉盆架上放著一把畫著山水人物的水壺——褪色的窗帘以及下雨天室內暗淡的光線。拱門裡面展現出嫩綠的樹葉和白色的花朵。他們高高興興地向前走去。連珍也覺得這裡不像有獅子，當她舉起護身符讓別人從拱門進去時，她的手簡直一點也不發抖，最後，她自個兒也進了拱門，把又變小了的護身符掛在脖子上。

孩子們發現自己是在一棵白綠葉的果樹下面，這好像是一個果園，所有的樹都是白花綠葉。他們腳下長長的青草中盛開著番紅花和百合花，還有一些不知名的藍色的花。在頭頂上的枝葉中間，畫眉和鷯哥在唱歌，在果園綠色的寧靜中，一隻鴿子的咕咕聲輕柔地傳到他們耳邊。

「啊，真是可愛極了！」安西雅叫了起來。

「唔，就跟家裡一模一樣——我是說英國——只不過所有一切更藍、更白、更綠、花兒更大。」

男孩們承認景色不錯，連珍也承認它非常美麗。

「這兒肯定沒有什麼好害怕的。」安西雅說。

「我不知道，」珍說。「我認爲，即使人們互相殘殺，果樹也照樣生長。我一點都不喜歡學者先生說的吊死花園❶。我想他們是故意造了花園來吊死人的。但願這不是一個吊死花園。」

「當然不是的，」西里爾說。「空中花園就是吊起來的花園——我想是用鏈條吊在幾幢房子當中，就像盤子。走吧，我們去瞧瞧！」

他們開始在涼絲絲的草上走去。極目望去，什麼也沒有，只有樹、樹和更多的樹。果園盡頭又是一個果園，只有一條清澈的小溪把它們隔開。他們跳過小溪，又繼續往前走。西里爾最喜歡園藝——這表明他喜歡看園丁們生活——他能告訴別的孩子許多樹的名字，從而博得他們的尊敬。果園裡有榛樹和扁桃樹，有杏樹和無花果樹，無花果樹的葉子大大的，有五個手指。時不時，孩子們得從又一條小溪跨過去。

「這就像《透過鏡子》中描寫的廣場。」安西雅說。

最後，他們來到一個果園，這個果園和其他果園大不相同。它的一個角落裡有一排矮房子。

「這些是葡萄藤，」西里爾傲慢地說，「我知道這是一個葡萄園。那個房子裡面有一台壓榨機我也不會感到奇怪。」

---

❶學者說的是古代巴比倫王國的空中花園（HANGING GARDEMS），珍誤以爲是「吊死花園」了。

最後，他們出了果園，走上一條路，這條路崎嶇不平，跟你習慣的路截然不同。路兩旁是柏樹和刺槐樹，還有一條紅柳樹籬，就像你在尼斯和坎城❷之間的路上或者在小漢普頓❸看到的那些，只要你曾經到過那麼遠的地方。

此時，在他們前面，他們能看見一大群建築。綠色的果園中散布著木頭和石頭的屋子，屋子那邊是一座大城牆，在早晨的太陽裡閃發　紅色的光芒。城牆高得嚇人——有聖保羅教堂一半高——城牆裡開出一些巨大的門，在初升太陽的照耀下，像黃金一樣閃閃放光。每個城門四周都有一個堅固的正方形塔樓，高高地聳立在城牆之上。城牆那邊是更多的塔樓和房屋，閃發出金黃的色彩。左面是一條蜿蜒曲折的鐵青色大河，從樹木的一缺口中，孩子們看到河從城牆裡一個大拱門下面流出城外。

「河旁邊那些羽毛似的東西是棕櫚樹。」西里爾用教訓的口吻說。

「啊，是的，你什麼都知道，」羅伯特回答。「那邊沙漠裡一些灰綠色的是什麼？」

「好吧，」西里爾神氣活現地說。「我不告訴你。我只不過想讓你再看到一棵棕櫚樹時知道它是什麼。」

---

❷ 尼斯和坎城是法國東南部兩座港口城市。

❸ 小漢普頓是美國西北部城市。

城牆裡開出一些大的門，像黃金一樣閃閃放光

「看啊！」安西雅叫道，「城門開了。」

城門果然「匡噹」一聲開了，立刻就有一小群十來個人出了城，在路上向他們走來。

孩子一齊在紅柳樹籬後面趴下。

「我不喜歡那些城門的聲音，」珍說著。「要是你在裡面，他們如果把門關上，你就永遠出不來了。」

「你可以從你自己的拱門出來，」沙米亞德從簍子裡伸出頭來提醒她。「別做出小女孩的樣子。我要是你，就大踏步進城，求見國王。」

這個主意既簡單又偉大，正中每個人的下懷。

所以啊，當工人們（孩子們確信他們是工人，因為他們穿得很寒傖——光穿一件藍或黃的長衫）走過以後，四個孩子就壯起膽子向塔樓間黃銅色的城門走去。

「勇敢點，」西里爾說。

「大步走。要想偷偷地溜進去是不行的。勇敢點！」

羅伯特響應號召，突然大聲唱起《英國近衛隊士兵》大家和著快步曲的拍子，走向巴比倫城門。

他們合著快步曲的拍子向巴比倫城門走去

說說亞歷山大，❹
說說海格立斯❺，
說說赫克托❻和來山得❼，
還有和這些一樣偉大的名字。
可是所有勇武的英雄中……

唱啊唱的不覺已來到了城門前，兩個穿著鮮亮盔甲的兵士突然把手裡的矛槍交叉起來，擋住了他們的去路。

「來者何人？」他們問道。

（我想我前面已經向你解釋過，孩子們無論到什麼地方，怎麼總能聽懂那兒的話，而自己也能讓對方聽懂。要是沒有解釋的話，我現在沒有功夫解釋。）

---

❹亞歷山大：歷史上有名的皇帝，曾建立亞歷山大帝國。
❺海格立斯：希臘神話中的大力神，完成十二項英雄事跡。
❻赫克托：希臘神話中的人物，特洛伊戰爭中的英雄。
❼來山得：斯巴達統帥，曾擊敗雅典海軍，結束歷史上赫赫有名的伯羅奔尼撒戰爭。

「我們是從很遠的地方來的，從日不落帝國來的，我們要見你們的國王。」

「要是方便的話。」安西雅補充了一句。

「國王（祝他萬壽無疆！）去接他的第十四個妻子了，」看城門的兵士說，「你們是從哪兒來的會不知道？」

「那我們要見皇后。」安西雅急忙說，對於他們從哪兒來的問題置之不理。

「皇后（祝她萬壽無疆！）今天日出後三小時聽群衆申訴。」兵士回答。

「可是，我們在這三小時內做些什麼呢？」西里爾問。

兵士似乎既不知道也不在乎。他似乎對他們一點也不關心。但另一個和他把矛槍交叉起來擋住孩子去路的人比較通人情。

「讓他們進來瞧瞧吧，」他說，「我敢以我的最好的寶劍打賭，他們從未見過像我們小村莊那樣的東西。」

他說話的口氣是人們管大西洋叫「魚塘」時慣用的那種口氣。

兵士遲疑不決。

「他們不過是些孩子罷了！」另一個人說，他自己也有孩子。「讓我請幾分鐘假，隊長，我帶他們到我家裡去，看看我老婆能不能給他們穿上點什麼，讓他們少一點外國腔，這樣他們就可以四處去瞧瞧而不會遭圍攻了。我可以去嗎？」

「你願意去就去吧，」隊長說，「不過別去上一整天。」

那人領著孩子們穿過黑糊糊的拱門進城。這個城和倫敦大不一樣。舉例來說，倫敦的一切好像都是用零星東西草草拼湊起來的，可是這些屋子卻彷彿是喜歡同一類型東西的人造的。並不是說它們都是千篇一律，因爲儘管所有的房子都是方的，大小卻不一樣，並且用各種不同方式裝飾，有些房子有色彩豔麗的畫，有些有黑色和銀色的花紋。房子有平台、有花園、有陽台、有種欣賞木的空地。嚮導把他們帶到一條偏僻街道的一座小屋前，一個面容和善的女人正坐在一個黑咕隆咚的房間門前紡毛線。

「喂，」那人說，「給這些孩子每人借一件斗篷，讓他們在王后接見群衆之前到各處看看。你願意的話，暫時放下手裡的毛線，帶他們到城裡去兜一圈。我得走了。」

女人照男人說的做了，四個孩子穿上斗篷，跟了她在城裡轉悠。啊，我眞希望我能有功夫把他們看到的統統告訴你。它們跟你從前看過的任何東西完全不同。就拿房子來說吧，所有的房子都亮得耀眼，有好些房子上畫著畫。有些房子的門的每一邊都有石頭刻出來的巨獸。再拿人來說吧——這兒沒有雙鈕釦、長及膝部的男禮服大衣和高頂禮帽，也沒有用上等料子製作、保証經久耐穿的邋里邋遢的女上衣和裙子。每個人的衣服都是藍的、紅的、綠的、黃的，色彩鮮豔，美不勝收。

市場比你想像的不知要漂亮多少。貨攤上貨物琳瑯滿目，許多東西令你愛不釋手。有成堆的蘋果和桃子，有陶器和玻璃器皿，外觀美麗，色彩鮮豔，有的貨攤上賣項圈、搭扣、手鐲和胸針，還有的貨攤賣紡織品、皮革和刺鏽製品。孩子們從來沒有看見過這麼多美麗的東西陳列在一起，那怕是在貴族區。

好像才只過了一會兒，女人已經開口了：

「時間差不多了，我們應該去王宮了。還是早一點去來得好。」

於是他們就向王宮進發了。他們到了王宮，發覺那裡比他們剛才看到的一切更加富麗堂皇。因爲王宮色彩繽紛、金的、銀的、黑的、白的——就像一幅精美絕倫的刺繡。一部又一部寬闊的大理石台階通向王宮，階邊上佇立著巨大的偶像，有二十個人那樣大，長著鎖子甲那樣的翅膀，老鷹的頭，也有些長翅膀的人長著狗的頭。另外還有許多大皇帝的塑像。

每部台階和台階之間有平台，那兒噴泉在噴水，王后的衛隊穿著白和紅的盔甲，像黃金一樣發亮，沿樓梯兩個兩個地排列成行。一大批衛兵站在王宮的大門口，大門在正午的陽光下像色彩豔麗的孔雀一樣閃閃放光。

各種各樣的人在走上台階求見王后。貴婦們穿著華麗的、鑲荷葉邊的繡花衣服，窮人們衣衫襤褸，花花公子們的鬍子抹著油，向上鬈曲。

西里爾、羅伯特、安西雅和珍跟著人群一齊往前走。

走到王宮門口，沙米亞德小心翼翼地從簍子裡伸出一隻眼睛，低聲說：

「我不願爲王后的事煩神。我跟這位太太回去。要是你們要求她爲我弄點兒沙來，她肯定會同意的。」

「啊，別離開我們！」珍說。

那女人正在教安西雅最後一些王宮的禮節，沒有聽見珍說的話。

「別犯傻啦，」沙米亞德挺凶地說，「你有護身符，卻從來不用。你要是需要我，只要念一下咒語，要求護身符把我帶到你面前就行了。」

「我寧可跟你一塊兒去。」珍說。

——這是她一生中說的最出人意料的話。

每個人都張大嘴，顧不得禮貌了，安西雅向沙米亞德的簍子裡望，看見沙米亞德的嘴張得比任何人更大。

「你們用不著那樣呆頭呆腦地看著，」珍繼續說。「我也和沙米亞德一樣，不願爲王后操心。我知道，沙米亞德無論在那裡，都會好好保護自己的。」

「她說得對！」大家異口同聲地說，他們已注意到沙米亞德懂得怎樣保全自己的利益。

珍向女人說：「你肯帶我一起回去嗎？讓別人去見王后，我跟你的小女孩們一塊兒玩。」

「當然可以，小寶貝！」女人說。

於是，安西雅輕輕地捋捋沙米亞德，和珍擁抱了一下。

珍抓住女人的手，另一支胳膊夾住沙米亞德的簍子，歡歡喜喜地走了。另外幾個孩子目送珍、女人和簍子消失在色彩繽紛的人群裡。這時，安西雅又一次轉向王后那金碧輝煌的門，說：

「我們去叫門房照管我們的巴比倫外套。」

於是他們就脫掉女人借給他們的衣服，穿了他們自己的英國外衣、上衣、帽子和皮鞋站在爭先恐後向王后請願的人當中。

「我們要見王后，」西里爾說，「我們是從老遠的日不落帝國來的！」

人群裡響起一陣驚異的喃喃聲和興奮的嘈雜聲。門衛向一個黑人說了些什麼，黑人又向另一個人說了些什麼。過了一會兒，一個鬍鬚剃得精光的大個兒男人從一部紅大理石台階頂上向他們打手勢。

他們就上去了。羅伯特的皮鞋聲比平時更響，因爲他緊張極了！一扇門開了，窗子拉開了，兩排衣飾絢麗的衛兵欠身站著，形成一條過道，一直通到寶座的台階前。

當孩子們急匆匆向前走去時，從寶座傳來一個非常甜美和親切的聲音：

「三個孩子來自日不落帝國！讓他們放大膽子進來。」

轉眼之間，他們已經跪在寶座前面，照女人教他們的說：「祝王后萬壽無疆！」一個夢一般美麗的女人，渾身披金戴銀，珠光寶氣，臉上罩著一張雪白的面紗，把安西雅扶起來，說道：

「別害怕，你們來了，我眞高興！」

「別害怕，你們來了，我眞高興！日不落帝國！我非常高興見到你們！我正厭煩得要命呢！」

跪在安西雅後面的西里爾，湊在羅伯特耳朵邊說：

「鮑勃（羅伯特的暱稱），什麼都別對雌老虎說，沒有必要冒犯她。可是我們沒有問珍的地址。沙米亞德也和她一同去了。」

「唔，」羅伯特小聲回答。「護身符隨時都可以把他們送回來。沙米亞德說的。」

「唔，一點也不錯，」西里爾小聲嘲弄地說，「我們當然沒事兒。當然囉！沒錯！只要護身符在就行！」

於是，羅伯特明白了，他在巴比倫

寶座旁「哎呀」叫了一聲，西里爾則啞著嗓子小聲說出了一個簡單的事實：

「護身符掛在珍脖子上呀，你這個傻瓜蛋！」

「哎呀！」羅伯特又叫了一聲，聲音苦惱得令人心碎。

7 「護城河下面最深的地牢」

王后把寶座上的三個紅色和金色的繡花坐墊，扔在通向寶座的大理石台階上，說道：

「請別客氣，我眞想和你們談談，聽你們講你們那奇妙的國家的一切，聽你們說你們是怎麼來到這兒的，可是我每天早上都得進行公審。眞煩死人了！可不？你們國家也進行公審嗎？」

「不，」西里爾說，「當然我們盡力這樣做，不過不是這種公開方式，而是私下進行的。」

「啊，是啊，」王后說，「我眞想私下接受申訴——這樣好辦多了。可是輿論不得不考慮。公審是項艱巨的工作，那怕你從小就受到這方面的教育。」

「我們不公審，可是我們得練音階，珍和我，」安西雅說，「一天二十分鐘。眞討厭！」

「音階是什麼？」王后問。「珍又是誰？」

「珍是我們的小妹妹，門衛的妻子在照顧她。音階就是音樂。」

「這種樂器我從來沒有聽見過，」王后說。「你們唱歌嗎？」

「啊，唱的。我們會合唱。」安西雅說。

「那眞絕了！」王后說，「你們每個人在唱歌之前分成幾部❶？」

「我們根本不分部，」西里爾急忙聲明，「我們要是分部，就唱不成了。待會兒我們再表演給您看。」

「一定要的。現在請你乖乖地坐著，聽我審判吧。我審判的方式向來受到讚賞。也許我不應該這樣說，聽起來太自負了。可是我在你們面前不在乎，親愛的。不知怎麼的，我覺得我認識你們已經很久了。」

王后在寶座上坐定，向她的侍從們做了個手勢。孩子們在寶座台階坐墊上小聲攀談，一致認爲她非常美麗，非常和善，不過恐怕就是有點反覆無常。

第一個要求主持公道的是個女人，她的兄弟把父親遺留給她的錢拿走了。兄弟說錢是叔叔拿走的。爭了好久，孩子們聽得都有點不耐煩了，王后突然拍了一下手，說：

「把兩個人都關進板房，直到其中一個承認另一個是清白的。」

「可是，假使他們兩個都幹了呢？」西里爾忍不住插嘴問。

「那麼板房對他們就是最好的地方。」王后說。

「可是，假使他們兩個都沒幹呢？」

---

❶ 英語in parts是合唱，也可以解釋成「分成幾部分」，王后誤會了。

「那不可能，」王后說，「一件事除非有人幹就幹不成。你別打擾。」

接著上來一個女人，眼淚汪汪的，戴著一塊破面紗，頭上有灰——至少安西雅認為是灰，不過也可能只是路上的塵埃。這女人抱怨說她丈夫在蹲牢。

「為什麼？」

「據說那是因為他說陛下壞話，」女人說，「不過這不是事實。這只是因為人家恨他，冤枉他的。」

「你怎麼知道他沒有說我壞話呢？」王后問。

「誰要是見過您美麗的面容就決不會說您壞話。」女人說得很乾脆。

「把那個人釋放，」王后微笑著說。「下一個——」

下一個案件是關於一個男孩偷了一隻狐狸。王后裁決說誰都沒有正當理由擁有一隻狐狸，偷狐狸就更沒有理由了。她不相信巴比倫有狐狸，至少她從來沒有看見過。於是男孩就被釋放了。

人們要求王后解決各種各樣的家庭糾紛和鄰里間的爭執——從同胞手足為分割遺產打架直到一個女人的不老實、不友好的行為，這女人去年新年借了一只燒菜鍋子至今沒有歸還。

王后對所有事情作出公斷，公斷得非常乾淨俐落。

最後，她突然聲音怪響地拍了拍手，說道：

「今天接見到此為止。」

眾人一齊說，「祝王后萬壽無疆！」說罷就退下去了，審判廳裡只剩下三個孩子同巴比倫王后和她的侍女們在一起。

「哎唷，」王后長長地舒了一口氣，「總算完了！那怕你們把埃及的王位送給我，我也不能再審一個案子了！你們到花園裡來，我們好好談談。」

王后領他們穿過狹長的走廊——他們覺得走廊的牆壁非常非常厚——進入一個花園。花園裡長著茂密的灌木，架子上爬滿玫瑰花，形成一片愜意的蔭翳——這確實也需要，因爲太陽已經和八月份英國海邊一樣炎熱了。

奴隸們把坐墊鋪在一個低矮的大理石平台上，一個鬍鬚剃得光光的大個兒男人送上冷飲，冷飲的杯子是金的，上面鑲著綠玉。他把杯子交給王后之前，先從杯子裡喝了一小口。

「這太髒了！」羅伯特小聲說。

大人曾經諄諄告誡他，倫敦噴泉式飲水器旁用鏈子鎖著的那些漂亮的金屬杯子在徹底沖洗乾淨之前，千萬不能用來喝水。

可是，他的話偏偏被王后聽見了。她說：

「一點也不髒。里蒂・馬迪克是個非常乾淨的人。再說，爲了防止有人下毒，總得有個試食侍從啊！」

這句話使孩子們感到毛骨悚然；可是里蒂・馬迪克已經把所有的杯子都試食過了，所以他們覺得挺安全。

冷飲好喝極了——涼絲絲的，味道像檸檬汽水，也有點像冰塊。

「退下！」王后說。所有穿著五彩繽紛的打褶皺衣服的宮女都魚貫而出，只剩下三個孩子和王后待在一起。

「好，」王后說，「把你們的事兒跟我說說吧……」

孩子們互相望著。

「你說吧，鮑勃。」西里爾。

「不——安西雅說。」羅伯特說。

「不——西里爾——你說。」安西雅說。「上回你把我們的事兒講給印度王后聽，她非常高興，你忘了嗎？」

西里爾喃喃說那時情況不同，而情況確實不同。因爲當他把火鳥和魔毯的故事講給印度女邦主聽時，他講的是事實，全都是事實。可是現在，要講一個有說服力的故事而不提到護身符——護身符當然是絕對提不得的——不坦白說出他們實際上是住在倫敦，年代要比他們講話時晚二千五百年，這可實在不容易啊。

無可奈何，西里爾只好求助於沙米亞德的故事，和沙米亞德使願望成眞的神奇本領。這件事孩子們還從來沒有對人講過，西里爾驚訝地發現那種使他們在倫敦保持沉默的魔力在這兒並不起作用。

「我想這一定跟我們是在過去有關。」他自言自語。

「這眞是有趣極了！」王后說。「我們必須讓沙米亞德來參加今晚的宴會。牠的表演會是全部餘興節目中最受歡迎的一個。牠在哪兒？」

安西雅解釋說他們不知道，還說明他們爲什麼不知道。

「噢，那太容易了，」王后說，她一說，大家都長長地鬆了口氣。「我叫里蒂・馬迪克到城門口去查一查你們的妹妹跟哪一個衛兵回去了。」

「他——」安西雅的聲音在顫抖，「他——要是他這會兒去，會影響他吃飯或別的什麼嗎？」

「當然他這會兒就得去。他無論什麼時候只要有飯吃，就覺得自己挺福氣了。」王后起勁地說，把手拍了一下。

「我可以捎封信嗎？」西里爾問。他從口袋裡掏出一個紅薄面的小帳簿，又從口袋裡摸鉛筆頭，他記得哪一個口袋裡有。

「當然可以。我叫我的文書來寫。」

「不，我自己會寫，謝謝。」西里爾說。他找到鉛筆，用舌頭把筆尖舔舔，甚至把木頭咬掉一丁點，因爲筆尖很鈍。

「你這個孩子眞聰明，眞聰明！」王后說。「讓我看你寫！」

西里爾從帳簿上扯下一頁紙寫了起來——紙上劃著記帳用的直線——紙質粗糙起毛，要是用鋼筆寫會扎筆尖。他是這樣寫的：

「你來此以前，把沙米亞德好好藏起來，別對任何人說。此信閱後即毀。一切進行順利。王后這個人好極了，一點也不用怕。」

「多奇怪的字，多漂亮！」王后說。「你寫了些什麼？」

「我寫的是，」西里爾小心翼翼地回答，「你很客氣，我們在這裡像——像過節；我叫她不用怕，叫她馬上就來。」

里蒂·馬迪克已經進來，在西里爾寫信的時候侍立一旁，一雙巴比倫眼睛幾乎從他的巴比倫腦袋裡彈出來，這時有點勉強地把信接過來，怯生生地問道：

「啊，王后萬壽無疆，這是張符嗎？厲害的符，最偉大的夫人？」

「是的，」羅伯特冷不防插嘴，「這是張符，不過你把它交給珍之前不會對任何人有傷害。她看了會把它毀掉，所以不會傷害任何人。它可厲害呢！就和——和胡椒一樣厲害！」他突然住嘴。

「我不認識這位神啊！」里蒂·馬迪克戰戰兢兢地彎下腰。

「她看了以後會把它毀掉的，」羅伯特說，「符的魔力也就沒了。你現在去的話根本不用怕。」

里蒂・馬迪克走了，疑懼似乎只消除了一半，王后開始欣賞那本帳簿和那個鉛筆頭，神情那麼專注，西里爾覺得非把它們當禮物送給她不可。她快樂地翻著紙頁說：

「多麼奇妙的東西！符就是這樣做的嗎？你也給我做一個！」她把聲音壓低，「你知道你自己國家偉大人物的名字嗎？」

「當然知道！」西里爾說著，很快地寫了下面一些名字：阿爾弗烈德大王❷、莎士比亞❸、納爾遜❹、戈登❺、比肯斯菲爾德勛爵❻、拉迪亞德・吉卜林先生❼、夏洛克・福爾摩斯先生❽，在他寫名字的當口，王后就像安西雅後來所說，在旁邊「屏住呼吸」看著。

王后拿起帳簿，恭恭敬敬地把它藏在她長袍的褶皺裡，說：

---

❷阿爾弗烈王德大王（八四九～八九九）：英格蘭西南部一個王國的國王。
❸莎士比亞（一五六四～一六一六）：英國最偉大的劇作家和詩人。
❹納爾遜（一七五八～一八〇五）：英國著名的海軍統帥。
❺戈登（一七八四～一八六〇）：英國外交大臣和首相。
❻比肯斯菲爾德勛爵（一八〇四～一八八一）：即曾任英國首相的迪斯累里。
❼吉卜林（一八六五～一九三六）：英國小說家和詩人。
❽福爾摩斯：英國作家柯南道爾所著偵探小說中一位推理極強的私家大偵探。

「以後你教我念這些偉大的名字，還有他們的大臣的名字——偉大的奈斯羅奇❾恐怕就是其中一個吧？」

「大概不是吧，」西里爾說，「坎貝爾·班納曼先生是現任首相，伯恩斯先生是大臣，坎特伯雷大主教也是大臣，不過我不能肯定——我知道帕克博士也是的，另外還有——」

「別再說了，」王后用雙手掩住耳朵，「那些偉大的名字使我頭都暈了。你以後教我——因為你們既然來了，就得在我們這兒好好待上一陣子。現在請告訴我——不，不，你太聰明，我有點受不了。再說，你們肯定也希望我給你們講些什麼，是不是？」

「是的，」安西雅說，「我想知道國王去哪兒了？」

「請原諒，可是你應該說『國王祝他萬壽無疆』。」王后柔聲說。

「請原諒，」安西雅急忙說，「國王祝他萬壽無疆是去接他的第十四個妻子了嗎？我想就連藍鬍子也沒有那麼多妻子。再說，他沒有把你殺掉嗎？」

王后有點稀里糊塗了。羅伯特急忙向她解釋：

「她是說英國國王們只有一個妻子——亨利八世倒有七、八個妻子，不過並不是同一個時候娶的。」

❾ 奈斯羅奇：亞述神。

「在我們國家裡，」王后輕蔑地說，「一位國王要是只有一個妻子就一天國王也當不成。誰都不會尊敬他，而且這是對的。」

「那麼，所有那十三個妻子都活著嗎？」安西雅問。

「當然活著——可憐的小家子的東西！我當然不跟她們來往，我是王后，她們只是妻子。」

「我明白了。」安西雅倒抽一口涼氣。

「可是，親愛的，」王后繼續說，「關於最新一個妻子亂得可眞夠嗆！那眞是有趣極了！我們想要一位埃及公主。國王祝他萬壽無疆幾乎世界上每個大國都有一個妻子，他決心娶一個埃及妻子使他的收藏十全十美。不用說，我們開頭先送了一些黃金做禮物。埃及國王回贈了幾匹馬——只有區區幾匹——他小氣得要命！——他說他很喜歡黃金，可是他眞正缺少的是天青石❿，所以我們當然又送了他一些天青石。可是他那時已經開始用黃金來裝點太陽神殿的橫樑，黃金不夠了，於是我們又給他送了點去。就這樣一直拖了許多年。你知道，每次行程至少要六個月。最後，我們要求娶他的女兒做妻子。」

「後來呢？」安西雅急著要聽公主的故事。

「後來呀，」王后說，「凡是他能從我們這裡弄到手的東西都到手了，只給我們一點最蹩腳

---

❿天青石：一種淡藍色或白色礦物，有玻璃或珍珠的光澤，在當時非常珍貴。

的東西做回報，他派人來說他非常珍視同我們聯姻的榮耀，只可惜他沒有女兒，不過他希望很快就會生一個，要是這樣的話，當然要把這個女兒保留給巴比倫國王！」

「眞滑頭！」西里爾說。

「可不是嗎？所以我們說，娶他的一個姐妹做妻子也可以，於是又是更多的禮物和更多的行程，現在，這個討厭的黑頭髮東西總算來了，國王祝他萬壽無疆專程去迎接已去了七天。他是乘了他最好的雙輪戰車去的，這輛戰車用天青石和黃金鑲飾，車輪是鍍金的，軲轆是瑪瑙的——依我看，過於隆重了。她今晚到，要舉行盛大的宴會慶祝她到來。她當然不出席。她將要香湯沐浴、塗油，等等。我們總是把外國新娘洗刷得乾乾淨淨，這大概需要二、三個星期。現在是吃飯的時候了，你們和我一塊兒吃，因爲我看得出你們是名門出身。」

王后領他們走進一個黑暗、陰冷的大廳，地板上有許多墊子。他們坐在墊子上，人們端來一些矮桌——桌子很漂亮，是用光滑的藍寶石做的，嵌鑲著黃金。一些金盤子被放在桌子上，但是沒有刀叉和調羹。孩子們巴望王后叫人去拿，可是沒有，她就用手拿來吃。第一道菜是一大盆煮熟的燕麥，肉和葡萄乾全都攪和在一起，上面澆滿了油，要學她的樣吃而不影響我們通常所說的「良好的吃相」就很難了。後來又送上了燉酥的榲桲、糖水棗子和粘稠的奶油。這種飯菜你在家裡是吃不大到的。

飯後大家都睡覺去了，就連孩子們也睡了。

王后突然驚醒過來，叫道：

「天啊！我們睡過頭了！我得快點更衣去參加宴會。時間來不及了。」

「里蒂．馬迪克把我們的妹妹和沙米亞德接回來了嗎？」安西雅問。

「我忘了問啦。真對不起，」王后說。「當然，除非我關照，他們是不會進來通報的。我想她一定在外面等著。我去看看。」

不一會兒，里蒂．馬迪克就進來了。他說：

「很抱歉，我找不到你們的妹妹。她裝在簍子裡帶在身邊的那隻野獸把衛兵的孩子咬了一口，你們的妹妹和野獸出去找你們了。警方說他們已經有了線索。我們要不了幾個星期就能聽到她的消息。」他鞠了個躬退下了。

這可怕的三重損失——珍、沙米亞德和護身符——使孩子們在王后更換衣服時有了話題。我不來敘述他們的談話了；總之談得非常洩氣。

每個人都把自己的話重複了好幾遍，談話結束時每個人都責怪另外兩個人不該放珍走。你知道這種談話的，是不？最後，西里爾說：「她畢竟是和沙米亞德在一起，所以不會出事。沙米亞德對自己非常小心。我們也不像有什麼危險。我們還是打起精神來，美美地吃一頓吧。」

他們果然美美地吃了一頓。他們先舒舒服服洗了個澡，全身塗了厚厚一層油，連頭髮也抹了油，這是最最不開心的。接著他們重新穿上衣服，被引見給國王，國王非常和藹可親。

有變戰法的、玩雜耍的、弄蛇的

宴會進行了很長時間，有各種各樣好吃的東西，每個人都好像吃了許多，也喝了許多。所有人都躺在墊子上和長榻上，女士們在一邊，男士們在另一邊；吃完以後，每位女士都去依偎在一位男士身旁，男士好像是她的情人或丈夫，因爲他們相互非常親熱。宮廷的衣服是用金線織的，非常鮮艷，非常美麗。

房間中央是出空的，各種各樣的人上來表演有趣的節目。有變戲法的，有玩雜要的，有弄蛇的，安西雅對弄蛇最不感興趣。

天黑以後，火炬點燃了。高高的杆頂上放著許多銅盆，浸過油的柏木片在盆裡熊熊燃燒。

然後、一個舞女上場表演，她幾乎不

跳舞，只擺出一些舞蹈的姿勢。她身上幾乎不穿衣服，一點也不美。孩子們對她相當厭惡，可是其他所有的人，包括國王，都樂壞了。

「天哪！」國王叫道，「姑娘，說吧，你想要什麼就可以得到什麼。」

「我什麼都不要，」舞女說，「使國王祝他萬壽無疆，高尚的榮譽對我來說，就是最好的酬報了。」

這個謙遜而聰明的回答使國王樂不可支，他把自己脖子上的金項圈摘下來送給了她。

「哇！」西里爾叫起來，被如此貴重的禮物驚呆了。

「沒事兒，」王后小聲說，「這決不是他最好的項圈。我們總是準備好一批蹩腳珠寶在這種場合用。喏——你們答應給我們唱歌的。你們願意讓我們的歌手來伴唱嗎？」

「不，謝謝！」安西雅急忙說。在所有時間裡，歌手們唱唱停停，他們的音樂使安西雅想起她和別人曾經在十一月五日組織過的樂隊——蹩腳小號、馬口鐵哨子、茶盤、鉗子、報警用的呱呱板和一個玩具鼓。當時他們這支樂隊玩得非常開心。可是當別人奏同樣的音樂時，情況就不同了。安西雅現在明白，父親叫他們停止那叫人惱火的鼓噪時，他其實並不是鐵石心腸，也不是蠻不講理。

「我們唱什麼呢？」西里爾問。

「《甜和低》？」安西雅提議。

「節奏太慢了——我贊成唱《誰願穿越丘陵草原》。一、二、三——唱！」

啊，誰願穿越丘陵草原，
啊，誰願和我一同騎馬馳騁，
啊，誰願跟我一起來，
爭取一位如花似玉的新娘？
她父親把她鎖在門裡，
她母親掌握鑰匙；
可是無論門閂和鐵杆
都不能把我同心上人分開。

珍是女低音，她沒來；羅伯特不像歌裡那位小姐的母親，怎麼也不能「掌握鑰匙」⓫，但即使這樣，還是和巴比倫王室的人從前聽到過的大不相同，使他們興奮得發狂。

「再來一個，再來一個，」國王大叫，「天啊，這種原始音樂眞新鮮！再來一個！」

⓫ 這是句雙關語，因爲英語的key既可解釋成「鑰匙」，也可以解釋成「音調」。

於是孩子們又唱了：

戒備森嚴，被牢牢看住。
我在晨曦微露時看見她的閨房，
那時它已不再有人看守。
侍從們全都呼呼睡去，
周圍人影兒不見一個，
我的心上人和我
自由自在地互相問候致意。

一曲剛剛唱完，馬上掌聲雷動，國王猶不滿足。他們只好把他們的合唱歌曲（他們只會唱三段）又唱了兩遍，最後還合唱了《哈萊克人》。這以後，國王身穿王袍，頭戴高而窄的王冠，站起身來喊道：

「來自日不落帝國的陌生人，你們想要什麼儘管說吧！」

「我們應該像舞女那樣說這種榮耀已經足夠了。」安西雅小聲說。

「不，我們要求他把沙米亞德交出來。」羅伯特說。

「不，不，我知道他們的爲人。」安西雅說。

可是羅伯特被音樂、熊熊燃燒的火炬、喝采聲和機會激動了，別人來不及阻止他已經開腔了：

「請把那半塊刻著烏—尼考—塞奇這個名字的護身符給我們吧！」他想了一想，又補充一句：「啊，國王，祝你萬壽無疆！」

他一說出那個偉大的名字，圓形立柱支撐的大廳裡的那些人一齊撲倒在地上，一動不動地躺著。只有王后用雙手抱住頭蜷縮在墊子當中，國王則像一尊石像般直挺挺地立著。不過這只有一眨眼的功夫；緊接著，國王聲若宏鐘地喊道：

「衛士，把他們抓起來！」

霎時，也不知從什麼地方跳出八個武士，穿著鑲嵌黃金的鎧甲和紅白兩色的戰袍。他們非常輝煌壯觀，也非常嚇人。

「邪惡和罪孽深重的壞蛋們！」國王喊道。「把他們關到地牢裡去！明天我們要想辦法讓他們招供，因爲他們肯定能告訴我們上哪兒去找那半塊失落的護身符。」

一道由紅色、白色、銅和黃金築成的牆向孩子們逼迫，迫使他們從大廳的許多柱子中向外走去。他們走的時候聽見侍臣們恐懼的叫聲。

「這回你幹的好事！」西里爾恨恨地說。

「這回你幹的好事！」西里爾恨恨地說

「啊，不會有事的。肯定不會。向來是這樣的。」安西雅不顧一切地說。

他們看不見自己走向哪裡，因爲衛兵們把他們包圍得嚴嚴實實，只是他們腳下的地面，本來是光滑的大理石，現在變成粗糙的石頭，接著又變成鬆軟的沙泥。他們呼吸到夜晚的空氣。接著是更多的石頭和向下的台階。

「我想我們這回眞正是到護城河下面最深的地牢裡去了。」西里爾說。

果然是的。即使不在護城河下面，反正也在幼發拉底河⓬下面，這即使不是更糟，也已經夠糟的了。這是一個最

⓬幼發拉底河：西南亞一條大河，流經土耳其、敘利亞和伊拉克。

不討人喜歡的地方，又黑暗，又潮濕，有一種怪味兒，就像發霉的牡蠣殼。有一個火炬——也就是說，一根高杆上放著一個銅盆，盆裡浸過油的木頭熊熊在燃燒。孩子們借著火炬的光看見牆壁是綠的，水從牆壁上淌下來，屋頂也在滴水。地板上有些像蠑螈似的東西，壁角裡有些亮晶晶的小爬蟲在蠕蠕移動，令人毛骨悚然。

羅伯特的心沉到他的那雙眞正經久耐穿的皮靴裡去了。安西雅和西里爾各人都暗暗和內心的一種不快樂的情緒交戰——這種情緒我們每個人都有，通常被稱作「老亞當」——人性中固有的罪惡——而且戰勝了。他倆都沒有對羅伯特說（兩個人都盡力甚至不去想它）「這全都是你幹的好事。」安西雅忍不住要加上一句，「我關照過你的。」可是這句話被她咽下肚去了。

「邪惡和罪孽深重的壞蛋，」衛隊長對獄卒說。「關多少天看國王高興。我他明天要拿他們開心！他會呵他們癢！」

「可憐的孩子們！」獄卒說。

「啊，是的，」隊長說，「我自己也有孩子。可是讓家庭感情影響自己的公務是不行的。晚安。」

渾身白、紅、銅和黃金的衛兵們踏著沉重的步子走了。獄卒手裡拿著一串大鑰匙，憐憫地向孩子們望著，搖了兩次頭，也走了。

「勇敢點！」安西雅說。「我知道不會有事的。要知道，這不過是個夢。肯定是夢！我不相信時間僅僅是思想的一種方式。這是個夢，我們醒來肯定會平安無事的。」

「哼！」西里爾惡狠狠地鼻子裡出了一聲。

羅伯特突然說：「這都是我不好！事情既然已經出了，請你們千萬不要怨我，不要告訴爸爸——啊，我忘了。」

他忘了他爸爸是在三千英里以外，和他相距五千多年。

「行，鮑勃老弟。」西里爾說。安西雅抓住羅伯特的手，緊緊地握了一下。

這當兒，獄卒拿著一盤餅來了，餅是粗糧做的，又硬又淡而無味，跟王宮裡的盛宴不可同日而語。另外還有一壺水。

「拿去。」獄卒說。

「啊，非常感謝你。你眞好。」安西雅不安地說。

「睡吧，」獄卒指著角落裡一堆稻草說，「明天很快就到來了。」

「啊，親愛的獄卒先生，」安西雅說，「他們明天會把我們怎麼樣？」

「他們會讓你們招供，」獄卒神情嚴肅地說。「我的意見是，要是你們沒有什麼可以招供，就造一點出來。這樣他們也許會把你們賣給北方國家。他們是地道的野蠻人。晚安。」

「晚安。」三個顫抖的聲音說，聲音的主人怎麼也不能使它們保持穩定。獄卒走了，三個孩子被留在潮濕、陰暗的地牢裡。

「我知道亮光維持不長。」西里爾望著閃爍不定的火缽說。

「你們認爲沒有護身符光念名字咒語會有用嗎？」安西雅忽發奇想。

「我想不會吧，不過我們不妨試試。」

於是他們就試了。可是地牢裡仍然一片死樣的寂靜。

「王后說的是什麼名字？」西里爾突然問。「奈斯貝思——內斯比特⓭——還是別的什麼？你知道，偉大人物的奴隸？」

「讓我想一想，」羅伯特說，「儘管我不知道你想拿它幹什麼。努斯羅奇——奈斯羅克——奈斯羅奇——對啦，是奈斯羅奇。」

於是，安西雅吸足了一口氣，她渾身肌肉都繃緊，她心靈的肌肉——如果你能這樣叫它們——也都繃緊了。

「烏——尼考——塞奇，」她用熱烈的聲音叫道，「啊，奈斯羅奇，偉大人物的僕人，快來幫幫我們！」

一陣等等中的靜默。接著，堆稻草的角落裡忽然出現一道寒颼颼的藍光，在這道光裡，他們看見一個奇怪而可怕的身影向他們逼近。我不打算來描寫它，因爲插圖裡已畫得清清楚楚，老巴

⓭ 這裡作者幽默地用了她自己的名字。

比倫人在石頭上也刻得清清楚楚，所以你們今天滿可以在我們自己的大英博物館看到它。我只消說它長著鷹的翅膀、鷹的頭和人的身體就行了。

那身影向他們走來，強壯而難以形容地可怕。

「啊，走開！」安西雅叫道；可是西里爾叫道：「不，留下！」

那東西遲疑了一下，然後在地牢濕漉漉的地上向他們深深施了個禮。

「我，」那東西說，聲音粗啞刺耳，像生鏽的大鑰匙在鎖裡轉動，「大人物的僕人願爲你們效勞。你們叫奈斯羅奇的名字有什麼要求？」

「我們要回家。」羅伯特說。

「不，不，」安西雅叫道，「我們要到珍那裡去。」

奈斯羅奇舉起一條巨大的手臂，指著地牢的牆。他手一指，牆就不見了，綠幽幽、濕答答、高低不平的地面變成一個光亮奪目的房間，房間裡懸掛著五顏六色的絲織品，上面繡著金黃色的睡蓮，另外還有許多安上靠墊的臥榻和擦得光可鑑人的銅鏡；王后在房間裡，沙米亞德坐在王后前面的一個紅枕頭上，皮毛蓬蓬鬆鬆，顯得老不樂意的樣子。在一張罩著藍套子的臥榻上，珍睡得正香。

「往前走，別怕，」奈斯羅奇說。「還有什麼事需要大人物的僕人爲你們做嗎？」

「啊，不，不，」西里爾說。「現在沒事了。非常感謝。」

他手一指，牆就不見了

「你眞可愛，」安西雅叫道，壓根不知道自己在說些什麼。「啊，謝謝你——謝謝你。請你走吧！」

她抓住那東西的手，手又冷又硬，像一隻石頭手。

「向前走。」奈斯羅奇說。他們就向前走了。

⓮大袞神：古代腓力斯人和腓尼基人的主神，上半身是人，下半身是魚。

「天哪！」當他們站在王后面前時，王后開口了。「你們是怎麼到這兒來的？我知道你們有魔法。我本來想一早就把你們放掉，只要我能溜出去——可是多謝大袞神（Dagon）⓮，你們自己做到了。你們得趕快走。我去把我的侍女叫醒，讓她叫里蒂・馬迪克過來，他會領你們從後面一條路出去——」

「啊呀，除了珍，千萬別把任何人叫醒，」安西雅說，「我來叫醒珍。」

她用力搖珍的身體，珍慢慢地醒了。

「里蒂・馬迪克幾小時前把他們帶來的，」王后說，「可是我想讓沙米亞德在我身旁呆一會兒。你們肯原諒這種欺騙行爲嗎？——這是巴比倫人的一部分性格，你們懂嗎？可是我不想讓你們發生任何意外。讓我叫醒一個人吧。」

「不！不！不！」安西雅一本正經地說。她相信她對巴比倫人被叫醒後的表現了解得太清楚了。「我們可以靠我們自己的魔法出去。請你告訴國王，這不是獄卒的過錯。這是奈斯羅奇的過錯。」

「奈斯羅奇！」王后重複了一遍。「你們當眞是魔術師。」

珍坐了起來，傻呼呼地眨著眼睛。

「把護身符舉起來，念咒語！」西里爾叫道，順手抓起沙米亞德，沙米亞德下意識地咬了他一口，不過咬得很輕。

「哪兒是東方？」珍問。

「在我後面，」王后說。「幹嘛？」

「烏——尼考——塞奇。」珍睡意矇矓地說，同時把護身符向上舉起。

*

轉眼之間，他們全都在費茨羅伊街三百號的餐廳裡了。

「珍，」西里爾鎮定自若地說，「去把沙米亞德的沙盆拿下來。」珍去了。

「大家聽著！」等珍的皮鞋聲在樓梯上不那麼響了，羅伯特急忙說，「地牢的事兒別告訴她。這只會嚇唬她，以後啥地方都不肯去了。」

「對啊！」西里爾說。

珍拿了沙盆回來，問道：「你們幹嘛這麼急著要回來？我覺得巴比倫眞開心。我非常喜歡那個地方。」

「啊，不錯，」西里爾漫不經心地說，「當然非常開心，不過我認爲我們在那兒已經待得夠久了。媽媽老是說作客時間不應該太長，免得人家討厭！」

8 王后在倫敦

「現在，把你發生的事兒告訴我們。」西里爾對珍說，在這以前，他和另外兩個孩子已經把王后的談話和宴會，還有豐富多彩的餘興節目統統講給她聽，但是講到地牢那部分故事就小心地停住了。

「眞沒意思，你們甚至沒想法子把護身符找到。」珍說。

「不行啊，」西里爾說。「護身符在巴比倫找不到。它在那以前就失落了。我們要到另一個友好的地方去，那兒人人和藹可親，我們要到那兒去找。現在，把你發生的事兒告訴我們吧。」

「啊！」珍說，「王后那個臉剃得光光的人——他叫什麼來著？」

「里蒂・馬迪克。」西里爾說。

「對！」珍說：「里蒂・馬迪克，他來找我的時候，沙米亞德剛把門衛老婆的小男孩咬了一口，他把我帶到了王宮。我們和從埃及來的新小王后共進晚餐。她非常可愛，比你大不了多少。她對我講了許多關於埃及的事兒。晚餐後我們一起玩球。後來巴比倫王后派人來叫我。我也很喜歡她。她同沙米亞德談話，我就去睡了。後來你們就把我叫醒了。就這些。」

沙米亞德美美地睡了一覺醒來，也講了同樣的事。

「可是，」牠補充說，「你們爲什麼要告訴王后說我能夠實現人們的願望?有時候，我認爲你們生下來連最起碼的頭腦也沒有。」

孩子們不懂「起碼」這個詞的意思，但聽上去像一個粗魯、侮辱性的詞。

「我們又沒有造成什麼損害嘍!」西里爾忿然說。

「噢，沒有，」沙米亞德咄咄逼人地譏諷說。「一點沒有!當然沒有!恰恰相反!一點不錯!只不過她碰巧希望很快來到你們的國家。『很快』可能意味著立刻。」

「這就是你不對了，」羅伯特說，「因爲你也可以把『很快』解釋成明年或下一世紀的某一時刻。」

「你自己才不對呢，」沙米亞德反駁，「我只能照他的意思來解釋『很快』這兩個字。這又不是我的願望。她意思是等下次國王出去獵獅，這樣她就可以有一天或兩天時間做她想做的事。她不懂時間實際上不過是思想的一種方式罷了。」

「好吧，」西里爾無奈地嘆了口氣，「我們必須盡力使她過得好。她對我們非常和氣。嗳，吃過午飯，我們到聖詹姆斯公園去餵鴨子好嗎?我們要去可一直沒去成。經過巴比倫和那麼多年代，我眞想看一樣實實在在的東西。你去嗎，沙米亞德?」

「我那燈心草編的寶貝簍子在哪裡?」沙米亞德板著臉問。「我不能光著身子出去。再說，我也不願意。」
這時，所有的人都苦惱地想起，在匆匆離開巴比倫的時候，把魚簍給忘啦！
「不過那又不是什麼貴重東西，」羅伯特急忙說。「你只要在法林頓市場買魚，就會白送給你的。」
「啊！」沙米亞德眞的火了，「原來你想利用我對這個討厭的現代世界的東西絕對不感興趣，拿一個不花你一個子兒的旅行袋把我搪塞過去。很好，我要到沙裡去了。請不要叫醒我。」
於是沙米亞德就到沙裡去了，這就是說，睡覺去了。男孩們就上聖詹姆斯公園餵鴨子去了，不過就他們兩個。
整個下午，安西雅和珍一直坐著做針線活。她們每人從她們最好的綠腰帶上剪下半碼，把一塊毛巾一剪兩做襯裡，坐在那裡縫啊縫的。她們是在爲沙米亞德做一個袋，每人做半個。珍的半個繡著四葉草。她只會繡四葉草（因爲這是學校裡教的，而教學用的絲線幸虧還剩下一些）儘管這樣，花樣還得安西雅替她畫。安西雅那半邊袋上繡著字母——用鏈狀針腳繡的，儘管繡得倉促，但是滿懷愛心。字母是這樣的：
她本來是想寫「Travelling Carriage」的，但是字母寫得太大了，寫不下了。袋是用老保姆的縫紉機縫起來的，拎袋的繩子是安西雅和珍最好的紮頭髮的紅緞帶。
喝下午茶的時候，兩個男孩回來了，把聖詹姆斯公園的鴨子講得一無是處，安西雅壯起膽子

PSAMS TRAVEL CAR

（沙米亞德旅行車）

把沙米亞德叫醒，把牠的新旅行袋給它看。

「哼，」牠輕蔑但又深情地用鼻子嗅了一會兒，「眞棒！」現今人們說的那種話，沙米亞德似乎一下子就學會了，對一種曾經同大地懶和翼手龍❶相處的動物來說，這種速度實在是驚人的。

「這比那種買一磅鰈魚就送一個袋更配得上我。你打算什麼時候把我放在袋裡帶出去？」

「我在帶你出去以前先得休息一會兒。」西里爾說。

可是，珍搶著說：

「我要去埃及。我很喜歡那位嫁給巴比倫國王的埃及公主。她對我講了她們在埃及的開心事兒。還有貓。咱們去吧。我對她講了護身符上鳥一樣的花紋，她說那是埃及文。」

另外三個孩子交換了目光，暗暗得意，因爲他們覺得自己很聰明，把他們在幼發拉底河下地牢裡的可怕經歷向珍瞞住了。

---

❶大地懶和翼手龍都是古代的爬行動物。

「埃及所以挺好，還因為有布魯爾博士寫的《聖經史》，」珍自顧自地說，「我眞想去埃及，那時約瑟夫❷正在做那些奇怪的夢，或者摩西❸正在用蛇和棍子做奇妙的事情。」

「蛇我可不喜歡。」安西雅聽見蛇就渾身打顫。

「好，那個地方我們別去，不過巴比倫眞可愛！我們吃了奶油時口一些粘乎乎的甜東西。我想埃及也是一樣的。」

大家展開了熱烈的討論，結果一致同意珍的主張。第二天早上，一吃完早飯（早飯吃燻鮭魚，味道好極了），大家就請沙米亞德鑽進牠的旅行車。

沙米亞德鑽進去了，可是很不情願，就像你要抱一隻貓咪可是貓咪偏偏不要你抱。沙米亞德剛鑽進袋，老保姆就進來了。她說：「喂，孩子們，你們覺得無聊嗎？」

「啊，不，親愛的保姆，」安西雅說：「我們過得很愉快。我們剛打算出去觀光一些名勝古蹟呢！」

「啊，」老保姆說，「我猜是皇家學院吧？你們只要不隨便浪費錢就是了。」

她把茶具收掉，等魚骨頭和碎屑被清除掉，台布拿掉以後，珍把護身符向上舉起，西里爾念

---

❷ 約瑟夫：《聖經》故事中的人物，因為遭兄長妒忌，被賣往埃及做奴隸，後來當了宰相。

❸ 摩西：《聖經》故事中猶太人的古代領袖。

了咒語，安西雅下了命令——就像公爵夫人（和其他人）向他們的馬車夫下命令：「去埃及！」

「當摩西在那兒的時候。」珍補充一句。

就在費茨羅伊街昏暗骯髒的餐廳裡，護身符變成了一個大拱門，透過拱門，能看見蔚藍的天空時口一條流動的河。

「不，停住！」西里爾說，同時把珍握著護身符的手拉下來。「我們昏頭了。我們怎麼可以去呢？現在我們一分鐘也不能離家，生怕那一刻就是這一刻。」

「什麼這一刻那一刻的？」珍不耐煩地問，竭力把手從西里爾的手中掙脫。

「就是巴比倫王后來的這一刻。」西里爾說，於是每個人都恍然大悟了。

*

接連幾天，日子過得極其呆板，沒有生氣。孩子們不能同時都出去，因爲他們永遠不知道巴比倫國王什麼時候去獵獅，使他的王后有空對他們進行驚喜訪問，她對這次訪問無疑是望眼欲穿的吧！

所以啊，他們就兩個兩個地輪流出去和留在家裡。

要不是因爲學者先生忽然對他們產生了興趣，留在家裡要單調乏味得多了。

有一天，學者把安西雅叫去，給她看一根紫色和金色珠子串的美麗的項鏈。

「我看見過一根項鏈和這差不多，」她說，「是在——」

「大概在大英博物館吧？」
「我願意說我看見它的那個地方叫巴比倫。」安西雅小心翼翼地說。
「美麗的幻想！」學者說，「而且十分正確。因爲事實上，這些珠子的確是從巴比倫來的。」
那天，另外三個孩子都出去了。兩個男孩是到倫敦動物園去的，珍曾經可憐兮兮地說過，「我肯定比你們誰都更喜歡犀牛。」所以，安西雅就叫她追上去。她在費茨羅伊街突然變成費茨羅伊廣場的那個地方把他們追上了。
「我認爲巴比倫眞是有趣極了！」安西雅說。「我對它做過不少夢——確切地說不是夢，不過同樣挺了不起。」
「請坐下對我說說吧，」學者說。
於是，她就坐下說了。學者問了她許多問題，她盡力一一予以回答。
「妙——妙！」最後，學者說。「人們聽見過傳心術，可是我從來沒有那種本領。可是這肯定是傳心術，對你來說糟糕透了！你的頭痛得厲害嗎？」
他突然把一隻冷冰冰、皮色骨頭的手放在她額頭上。
「不，謝謝你，一點也不痛。」她回答。
「我向你保証不是故意這樣做的，」他繼續說，「當然我對巴比倫了解得很多，我不知不覺地把它傳遞給你了。你聽見過讀心術，不過你說的事情有好些我一點不懂，我腦子裡從來沒有想過，不過它們極可能發生。」

「不要緊！」安西雅安慰他說，「我明白。別擔心，事情實際上再簡單不過。」

可是，當安西雅聽見另外三個孩子進來，下了樓，還來不及問他們動物園玩得開心不開心，就聽見外面一陣喧嘩的吵鬧聲，和它比起來，野獸的鬧聲就像鳥鳴一樣柔和，這時，事情就不那麼簡單了。

「天哪！」安西雅叫起來。「那是什麼喲？」

嘈雜的人聲從開著的窗戶傳進來，能聽清人們在說：

「是個怪人！」

「不是怪人，是個芭蕾舞女！」

「不是的，是個瘋婆子！」

接下來，就是一個他們熟悉的清脆的聲音：

「退下，奴隸們！」

「她在說什麼呀？」十幾個聲音同時問。

「該死的外國話！」一個聲音回答。

孩子們衝到門口。馬路上和人行道上擠滿了人。

從台階高處，能清楚地看見人群中巴比倫王后那美麗的臉和潔白的面紗。

「天哪！」羅伯特喊了一聲，就奔下台階，「他來了！」

「喂！」他邊跑、邊喊道，「小心——讓這位夫人過去。她是我們的一位朋友，來看望我們的。」

「一份體面人家的好朋友。」一個推著一車食物的大塊頭女人嘲諷地說。

儘管如此，群眾還是讓出了一條路。王后在人行道上和羅伯特遇見了，西里爾上前和他們會合，他胳臂裡還撓著沙米亞德的袋。

「這兒，」他小聲說，「沙米亞德在這兒，牠能實現你的願望。」

「你要來的話，我希望你換一套衣服，」羅伯特對王后說，「不過我許願是沒用的。」

「不，」王后說，「我希望我穿得——不，不對——我希望他們穿得合適，這樣他們就不會那麼蠢了。」

猛然間，人群裡每一個男人、女人和孩子都覺得自己身上的衣服少了。因爲，王后所謂的合適當然是對三千年前巴比倫的工人階級合適——那時候工人階級衣服是穿得不多的。

「天哪！」賣食物的大塊頭女人叫了起來，「是誰把我變成這個醜樣的？」說罷就飛也似地把車推走了。

「有人把你變成一個漂亮小伙子啦，眞不得了！」一個賣鞋帶的人說。

「別說人家啦，你自己的皮鞋哪裡去了？」

「別說人家啦。」他旁邊的人說，「瞧你自己的腳，你的皮鞋哪裡去了？」

「我從來不赤腳出來的，我賭咒。」賣鞋帶的人說，「我承認，昨晚我的確感到有點不舒服，不過不致於穿得像個要馬戲的。」

人們七嘴八舌議論開了，都有點氣呼呼的。不過似乎沒有人想到要怪罪王后。

安西雅跳下台階，把王后拉上來；另外幾個孩子跟著進去，把門關上了。

「要是我知道這是怎麼回事，我就不是人！」他們聽見有人在說。「我有點不對頭了，眞的不對頭了。」

人群中的每個人都有這種想法，於是他們慢慢地散去了，後面一群不是穿王后認爲合適的衣服的人，也就跟著散去了。

「警察馬上會找上門來的，」安西雅失望地說。「啊，你幹嘛非得穿這種衣服來啊？」王后把身體靠在用馬鬃塡塞的沙發扶手上，問道：

「我倒想知道，王后不穿這種衣服穿什麼？」

「我們王后穿的衣服就和普通人一樣。」西里爾說。

「嘿，我才不呢！我必須說，」她用一種受傷害的口氣說，「現在我已經來了，你們看到我好像並不太高興。不過你們也許是因爲感到意外才有這種表現。可是你們應該習慣於意外。你們一下子不見了眞有意思！我一輩子也忘不了。這是我看到過的最精彩的魔術。你們怎麼變沒的？」

「噢，現在別爲這個費心了，」羅伯特說。「你看，你把所有那些人都得罪了，他們肯定會叫警察的。我們不願意看見你被抓起來關進監獄。」

「你們不能把王后關進監獄。」她高傲地說。

「嘿，不能嗎？」西里爾說。「我們曾經把一個國王的頭砍掉呢！」

「在這個倒楣的房間裡？眞有意思。」

「不，不，不是在這個房間裡；是在歷史上。」

「噢，歷史上，」王后輕蔑地說。「我還當是你們親手幹的呢！」

兩個女孩渾身哆嗦了一下。

「你們的這座城市眞難看，」王后繼續興高采烈地說，「人也又討厭，又笨。我說的話他們一個字也不懂。」

「他們說的話你懂嗎？」珍問。

「當然不懂，他們說的是一種北方的通俗方言。你們說的話我全懂。」

孩子們怎麼能那麼徹底地聽懂他們自己語言之外的語言，而且說得就像英語一樣流利，我眞的不想再來解釋了。

「哼！」西里爾楞頭楞腦地說，「既然你看見一切都那麼討厭，你難道不覺得還不如回去嗎？」

「哪裡，我還什麼都沒有看到呢，」王后說著，把她的閃閃發光的面紗拉拉好。「我希望到你們家裡來，這就來了。現在我必須去見你們的國王和王后。」

「國王和王后是誰都准見的，」安西雅急忙說，「不過你想要看什麼——只要你能看的，我們都可以帶你去問。」她親切地補充了一句，因爲她想起王后在巴比倫待他們非常好，儘管她在珍和沙米亞德這件事上有點不老實。

「我們在博物館，」西里爾懷著希望說，「那兒有許多貴國的東西。你只要稍稍喬裝改扮一下就行了。」

「我知道，」安西雅突然說，「媽媽以前演戲穿的披風，大盒子裡還有她的許多舊帽子。」那件藍緞子、鑲花邊的披風當眞把王后渾身珠光寶氣遮蓋了一些，可是帽子一點不合適。帽子裡有紅玫瑰花；披風或帽子或王后本身有某種東西使她看上去不太體面。

「啊，不要緊，」當西里爾低聲說了以後，安西雅回答。「等老保姆眼睛眨完四十下就把她弄出去。我想她現在已經眨到第三十九下了。」

「那就走吧，」羅伯特說，「你知道這有多危險。我們趕快上博物館去。要是那些被你嘲笑的人眞的叫來了警察，他們不會想到上博物館去找你的。」

藍緞子披風和紅玫瑰花帽子幾乎像王服一樣引人注目，孩子們走出鬧哄哄的街道進了寧靜的博物館，心裡都樂開了花。

「包裹和傘寄存在這裡。」櫃台旁邊一個男人說。他們沒有傘，唯一的一個包裹是裝沙米亞德的袋，是王后硬要把沙米亞德帶來的。

「我不願被寄存，」沙米亞德輕輕地說，「所以你們別打我的主意。」

「我和你在外面等。」安西雅急忙說，逕自走到噴泉式飲水器旁一張椅上坐下。

「別坐得離那個髒噴泉那麼近，」沙米亞德生氣地說，「水會濺在我身上的。」

安西雅乖乖地換了個位置坐下等著。等啊，等啊，沙米亞德打起盹兒來了。玻璃轉門裡出來的始終不是安西雅要看見的人，她早就不看了，她都已經快要睡著了，而王后他們還是不回來。

當安西雅猛然覺得他們已經回來時，嚇了一大跳，因爲他們不是單獨的。他們後面跟著一大群穿制服的人，還有幾位紳士，每個人都好像非常憤怒。

「現在去吧，」發怒的紳士中心腸最好的一個說。「把這個可憐的瘋婆娘帶回家去，叫你們的父母嚴加看管。」

「要是你們不能讓她走，我們只好叫警察了。」心腸最壞的一位紳士說。

「可是我們不願採取粗暴手段。」心腸最好的紳士說，他的確非常好，別人好像都聽他的。

「可以覺我和我的姐姐談談嗎？」羅伯特問。

心腸最好的紳士點點頭，官員們站在王后周圍，其他人形成一個防衛圈。

羅伯特回答安西雅探詢的目光說：「眞意想不到，所有最珍貴的東西都被她踢翻了。她說玻璃櫥裡那些項鏈和耳環等等都是她的，要把它們從櫥裡拿出來。要想把玻璃敲碎——而且當眞敲碎了一塊！博物館裡所有的人都向她撲上去也沒用。我對她說這個地方專門砍王后的腦袋，才算把她弄了出來。」

「啊，鮑勃，這個謊撒得眞大！」

「要是叫你把她弄出來，你撒的謊會更大呢！何況這並不是撒謊。我指的是木乃伊王后。你怎麼知道他們不砍下木乃伊的頭，了解防腐處理方法呢？我要說的是，你能讓她乖乖的跟你走嗎？」

「我來試試吧！」安西雅說罷，走到王后跟前：

「回去吧，我們家裡那位學者先生有一條項鏈比這裡哪一條都好。去看看吧。」

王后點點頭。

「你瞧，」心腸最壞的紳士說，「她果眞懂英語。」

「我想我說的是巴比倫語。」安西雅忸怩地說。

「我的好孩子，」心腸最好的紳士說，「你說的不是巴比倫語，而是廢話。你給我馬上回去，把發生的事兒告訴你的父母。」

安西雅抓住王后的手，輕輕地拉她往外走。另外三個孩子跟在後面，一群怒氣沖沖的紳士站在台階上注視他們。當這一小群出了醜的孩子，還有那位使他們出醜的王后來到院子中央時，王后的目光落在裝著沙米亞德的布袋上。王后突然站住腳步，她非常響亮和清晰地說：「我希望所有那些巴比倫玩意兒都飛出到我這兒來——要慢慢地飛出來，讓那些卑鄙小人和奴隸看看偉大王后的魔術是怎樣開動的。」

「啊，你這個女人眞討厭！」沙米亞德在袋裡說，可是牠還是鼓足了勁。

一眨眼間，嘩啦啦一陣巨響，玻璃轉門和它的全部框架突然打得粉碎。一群發怒的紳士見狀

她非常響亮和清晰地說「我希望……」

立刻跳向一旁，可是心腸最壞的紳士手腳不夠敏捷，被一隻從門裡飛出來的巨大的石牛撞了個狗吃屎。石牛在院子中央王后身旁站住。

緊接著飛來了更多石象，更多大塊的石刻、磚頭、帽盔、工具、武器、腳鐐、酒罎、碗、瓶、花瓶、壺、碟子、印章以及一些長圓形的東西（有點像擀麵杖，上面有像小鳥足印似的記號）、項鏈、項圈、戒指、臂釧、耳環——成堆成堆的東西，數目多得根本來不及數，甚至來不及看仔細。

所有那些發怒的紳士都突然在博物館的台階上坐下，只有心腸最好的那位紳士不坐。他站在那裡，一雙手插在口袋裡，彷彿他對大石牛以及各種各樣巴比倫小物件飛進博物館院子是司空見慣的。可是他派了一個人去把大鐵門關住。

一位新聞記者正要離開博物館，他從羅伯特身旁走過時對羅伯特說：

「敢情是神智學❹吧？她是貝贊特❺夫人嗎？」

「是的。」羅伯特隨口應了一聲。

新聞記者剛走出大門，大門就關上了。他飛也似地奔到艦隊街❻，半小時不到，他的報紙就出了一份號外：

貝贊特夫人和神智學

大英博物館不可思議的奇蹟

---

❹神智學：一種神秘主義哲學，認爲萬物輪迴，人可以通過修持獲得神性。

❺貝贊特（一八四七～一九三三）：英國神智學家。

❻艦隊街：英國倫敦的一條街，全國重要的報館都集中在那裡。

這份號外用粗大的字體印刷，貼在賣報人舉在手中的木牌上。有些人閒著沒事，爬在公共馬車頂上直奔博物館。可是等他們到了博物館，什麼看的都沒了。因爲巴比倫王后突然看見大門緊閉，感到事情不妙，就開口說了：

「我希望我們是在你們家裡。」

不用說，他們立刻在家裡了。

沙米亞德氣壞了，牠說：

「聽著，警察會來抓你，會發現我的。他們會在威斯敏斯特❼爲我造一個國家牢房，我只好搞政治工作了。你幹嘛不讓那些東西待在它們原來的地方？」

「你脾氣眞大啊，可不是嗎？」王后不慌不忙地說。「我希望所有的東西都回到它們原來的地方。這樣總好了吧？」

沙米亞德怒沖沖地說：

「我不能不實現你的願望，可是我會咬人。要是再這樣下去，我就會咬人的。你瞧著吧！」

「啊，別咬！」安西雅湊在牠毛一根根豎起來的耳朵邊小聲說，「你咬人我們也會怕的。別拋棄我們。沒準她馬上會希望回自己家裡去的。」

---

❼威斯敏斯特：英國倫敦西部的貴族居住區，區內有白金漢宮、議會大廈和政府機關。

「不是她那號人。」沙米亞德說，火氣不那麼大了。
「帶我去遊覽你們的城市吧！」王后說。
孩子們互相望了望。
「要是我們有錢，我們可以雇輛出租馬車帶她去逛逛，這樣人家就不會注意她了。可是我們沒錢。」
「把這個賣掉。」王后說著，從手上捋下一只戒指。
「人家會以爲我們偷來的。」西里爾憤憤地說，「會把我們關進監獄。」
「對你們來說，好像條條大路都通向監獄。」王后諷刺地說。
「學者先生！」安西雅叫了一聲，就拿著戒指跑上樓到學者那裡去了。
「喂，」她對學者說，「你願意出一英鎊買這個嗎？」
「啊！」學者用欣喜和驚奇的聲調說，隨手指戒指接過來。
「這是我自己的，」安西雅說，「是人家送給我叫我賣掉的。」
「我非常樂意借給你一英鎊，」學者說，「不過，戒指我替你暫時保存。你說這個戒指是誰送給你的？」
「我們管她叫巴比倫王后。」安西雅小心地說。
「這是遊戲嗎？」學者抱著希望問。

「要是我借不到錢爲她付出租馬車費，這遊戲就『妙』了！」安西雅說。

「我有時候認爲我眞要瘋了，要麼就是——」學者條斯理地說。

「要麼就是我瘋了；可是我沒瘋，你也沒瘋，她也沒瘋！」

「她說她是巴比倫王后嗎？」學者不安地問。

「是的。」安西雅回答。

「這種傳心術的影響比我想像的更加深遠，」學者自言自語，「我認爲不知不覺也影響到她了。我絕對沒有想到我對巴比倫的研究有這樣的結果。眞可怕！天底下有好多事情——」

「是的，」安西雅說，「好多好多事情。這一英鎊是天底下我最最需要的東西。」

學者用手指梳理了一下他稀疏的頭髮。

「該死的傳心術！」他說，「這肯定是枚巴比倫戒指——至少我是這樣這爲的。不過也可能是我自己著魔了。等我看完我的著作的校樣，馬上去看醫生。」

「是的，一定得看醫生！」安西雅說，「非常感謝你。」

她拿起金幣，下樓到別的孩子那兒去了。

於是啊，巴比倫王后就乘上一輛四輪出租馬車去觀賞倫敦的奇蹟了。她認爲白金漢宮沒意思，威斯敏斯特教堂和議會大廈稍微好一點，不過倫敦塔和泰晤士河她倒挺喜歡，河上大大小小的船使她充滿驚奇和喜悅。

「可是你們的奴隸照料得太差勁了。他們看上去眞邋遢，眞可憐，像無人照管似的，」當馬車喀喀地沿著窮人街走去時，王后說。

「他們不是奴隸，是工人。」珍說。

「他們當然在做工。奴隸就是做工的，不用你告訴我。難道你以爲我看見一張奴隸的臉會不認得嗎？他們的主人爲什麼不留心讓他們吃得好一點，穿得好一點？用三句話告訴我。」

沒有人回答。現代英國的工資制度是很難用三句話說清楚的，即使你懂得這種制度——何況孩子們根本不懂。

「你們要是不留點兒神，你們的奴隸會起來造反的。」王后說。

「才不哩！」西里爾說，「他們有選舉權——這使他們保証不會起來造反。全部差別就在這上頭。這是爸爸告訴我的。」

「選舉權是什麼呀？」王后問。「是張符嗎？他們用它來做什麼？」

「我不知道，」西里爾惱火地說，「選舉權就是選舉權嘛！他們並不特別用它來做什麼。」

「我懂啦，」王后說，「是樣玩具。哎，我希望這會兒所有這些奴隸手裡滿是他們愛吃的肉和愛喝的酒。」

一眨眼間，窮人街，還有窮人居住的所有其他街上的人發現他們手裡滿是各種各樣吃的和喝的東西。從馬車窗子裡能看見人們拿著各種各樣的食物，還有瓶瓶罐罐。烤肉、禽肉、紅彤彤的

街上所有的人發現他們手裡滿是各種各樣吃的和喝的東西

龍蝦、黃燦燦的大蟹、炸魚、熟豬肉、牛排布丁、烤洋蔥、羊肉派；極大多數年輕人手裡拿著桔子、糖果和糕點。窮人街的面貌大大改變了——就是說，生色了，人們個個喜笑顏開。

「不一樣了，是不是？」王后得意地問。

「這是你到現在爲止最好的一個願望了。」珍由衷地表示贊許。

就在英格蘭銀行旁邊，馬車夫把車停住了，他說：

「我不拉你們了。你們下車吧。」

他們很不情願地下了車。

「我要喝茶去了。」馬車夫

說，他們看見馬車的馭者座上有一堆白菜，還有豬排、蘋果醬、鴨子和葡萄乾布丁。另外還有一些罐頭食物。

「把車錢給我！」馬車夫威嚇地說，眼睛望住那堆食物，又喃喃地說起要喝茶了。

「我們換一輛車好了，」西里爾神氣十足地說。「這是一英鎊金幣，請給我找錢。」

誰知馬車夫不是一個好人。他接過金幣，把他的馬抽了一鞭，根本沒找錢，就消失在公共馬車和貨車的車流裡了。

他們周圍已經聚集起一些人。

「走吧！」羅伯特說罷，領大家走，可是領錯路了。

他們周圍的人越來越多。他們是在一條陝窄的街上，許多穿黑色上衣、不戴帽子的男人正站在人行道上高聲談話。

「他們的衣服眞難看，」巴比倫王后說。「他們當中有些人，尤其是那些生著長長、彎彎、漂亮鼻子的人，只要穿得好一點，都是很不錯的。我希望他們能穿得和我宮裡的人一樣。」

這當然沒得錯的。

差點暈過去的沙米亞德剛緩過點兒神，思魯莫頓街上每一個人突然都穿上全套裝了。

所有人都小心地搽了粉，頭髮和鬍鬚灑了香水，鬈起來，衣服上繡著花。他們戴著戒指、臂釧和金項圈，佩著寶劍，頭飾花俏得難以形容。

所有的人都呆若木雞。

一個向來愛修飾的青年打破了靜默，他說：「這當然不過是幻想罷了——我的眼睛出毛病了——不過你們這些人模樣確實很怪。」

「怪？」他的朋友說。「瞧你自己。天哪，你繫著一根彩帶！你的頭髮變黑了，還長著一部鬍子。我們一定中毒了。你真像個傻瓜。」

「艾文斯坦老頭賣相倒挺不錯。不過我要知道，這到底怎麼搞的？到底怎麼搞的？是變魔術還是什麼的？」

「我想這只不過是個惡夢！」艾文斯坦老頭向他的秘書說，「一路上我看見所有人手裡都滿是食物——精美的食物。啊，不錯，肯定是個惡夢！」

「那麼，我也在做夢了，先生，」秘書說，眼睛向下望著自己的腳，露出厭惡的表情。「我看見自己腳上穿著甕腳涼鞋。」

「所有那些好吃的東西都白白糟蹋了，」老艾文斯坦先生說，「惡夢——眞是個惡夢！」

人們常說証券交易所會員是每一分鐘都亂哄哄的。可是現在他們爲了對巴比倫服裝表示厭惡而發出的鬧聲卻比平常更響。說話得大聲喊才能讓對方聽見。

「我只希望，」那個認爲是變魔術的秘書說——秘書站得離孩子們很近，孩子們不由地打了個寒顫，因爲他們知道，他無論希望什麼都會變成現實。「我只希望知道這是誰幹的。」

不用說，他們馬上知道了，他們從四面八方向王后逼近。

「可恥！不要臉！應該受法律制裁。把她送交警察。快叫警察！」兩、三個聲音同時叫喊。

王后嚇得向後退，問道：

「做什麼？他們聽上去像關在籠子裡的獅子——無數頭獅子。他們在說些什麼呀？」

「他們說『叫警察』！」西里爾斬釘截鐵地說。「我知道他們早晚會叫警察的。可是我不怪他們，你要記住。」

「我的衛兵在這兒就好了！」王后叫了起來。精疲力盡的沙米亞德在喘氣和發抖，可是穿著紅、綠制服、披著銅、鐵甲冑的王后的衛兵已經把思魯莫頓街擠得水泄不通，武器在王后周圍閃閃放光。

「我瘋啦！」一位叫羅森鮑姆的先生說，「就是這麼回事——瘋啦！」

「這是你的報應，老羅，」他的合伙人說，「我老是說你和弗勞爾杜做的那樁買賣心太狠了。這是你的報應，可是我也被扯進去了。」

証券交易所的會員們已經側著身子往後退，慢慢地離開了閃光的刀劍、甲的武士、刻板凶惡的東方人的臉，可是思魯莫頓街很窄，人又多，他們無法盡快離開。

「把他們殺死！」王后叫道。「把卑鄙小人殺死！」

衛兵服從了。

「這全是個夢。」艾文斯坦先生蜷縮在門洞子裡秘書背後叫道。

「不是夢，」秘書說，「這不是夢。哎呀，天哪！那些外國蠻子把所有人都殺掉了。亨利・赫什倒在地上了，普倫蒂斯被砍成兩半了——啊，天哪，還有休思，還有蓋伊・尼克爾斯腦被砍下來了。夢？但願這一切都是個夢就好了。」

不用說，轉眼間這一切都證明不過是個夢。整個証券交易所擦擦眼睛，照樣收盤、開盤，南非金礦股票、鋼鐵公司股票、交割延期、延期交割費、雙重買賣權以及他們在艦隊街談個沒完的所有那些有趣題目照樣談個沒完。

這件事誰也不對其他任何人提起。我想我以前已經說過，生意人不喜歡人家知道他們在營業時間做夢，特別是涉及諸如饑餓的人有飯吃、証券交易所垮台等等可怕事情的惡夢。

*

孩子們是在費茨羅伊街三百號的餐廳裡，一個個面色蒼白，渾身發抖。沙米亞德從繡花袋裡爬出來，直挺挺地躺在桌上，腳伸得長長的，活像一隻死野兔。

「謝天謝地，總算過去了！」安西雅深深地吐了口氣。

「她不會再來了吧？」珍怯生生地問。

「不會了，」西里爾說。「她是在幾千年前的。可是我們把整整寶貴的一英鎊錢花在她身上了。還那筆債要花我們不知多少時間的零用錢呢。」

「假使只不過是個夢就不用還了，」羅伯特說。「安西雅，你去問問學者先生有沒有借給過你錢。」

「對不起，打擾您了，」安西雅敲門走進學者的房間，「您今天借給過我一英鎊錢嗎？」

「沒有，」學者說，從他的眼鏡裡親切地向她望著。「不過你問我這個可眞怪，因爲今天下午我打了一個盹兒，我是極其難得打盹兒的，我淸楚地夢見你給我一個戒指，說是巴比倫王后的，我借給你一個金幣，你把王后的戒指留在這兒了。這枚戒指是一個極好的樣品。」他嘆了口氣，又笑咪咪地說：「但願這不是一個夢。」他確實是在學習怎樣甜甜地笑。

沙米亞德沒有在場使學者的願望成眞，安西雅眞是感激不盡。

9 亞特蘭提斯[1]

你要明白，巴比倫王后在倫敦的冒險活動是唯一的一次占用了時間的活動。可是孩子們的時間全用來談論在過去看到的和做的一切稀奇古怪的事兒了，依靠護身符的魔力，他們在那兒好像消磨了許多個鐘頭，可是等他們回到倫敦時，卻發現整個過程比電光一閃還要短。

關於過去，他們吃飯時談，走路時談，在餐廳的時候談，在客餐廳的時候談，不過談得最多要算是在樓梯上。

這是一個老宅，從前曾經出過風頭，現在還挺不錯。從樓梯的扶手欄杆上滑下來是再妙不過了，每個樓梯轉彎角都有很大的壁龕，從前曾經安放過優美的雕塑，現在經常容納西里爾、羅伯特、安西雅和珍那四個優美的身軀。

有一天，西里爾和羅伯特穿了白色的緊身內衣，模仿在大英博物館或爸爸的大相片簿裡看到過的各種雕塑的姿態，玩了足足一個鐘頭，玩得開心極了。可是演出突然中斷，因爲羅伯特要扮

---

[1] 傳說中的一個島，據說在大西洋直布羅陀海峽以西，後來沉沒在海底。

演米洛的維納斯❷，為了這個緣故，扯了一下當幕帘用的被單，偏偏西里爾這時正在扮演古希臘的擲鐵餅者，手裡拿了一個黃白兩色的碟子當鐵餅，用一隻腳立著，而那隻腳底下正好是那條被單。不用說，這樣一來，擲鐵餅者和他的鐵餅還有未來的維納斯全都摔倒了，大家都傷得不輕，尤其是那隻碟子，無論你怎樣利索地用膠水或蛋白把它的參差不齊的碎片黏合起來，再也恢復不了原狀了。

「這下你該滿意了吧！」西里爾摸著頭上腫起的一個大包說。

「挺滿意，謝謝。」羅伯特恨恨地說。他的拇指卡在樓梯扶手裡，差點拗斷了。

「可憐的小松鼠，我眞難過！」安西雅說，「你們的模樣眞漂亮。我去拿塊濕毛巾。鮑勃，把你的手到熱水龍頭底下去沖沖，芭蕾舞女扭了腿就是這樣做的。我在書上看來的。」

「什麼書？」羅伯特不樂意地說，可是他還是去了。

當他回來時，西里爾的頭已經被他的兩個妹妹用繃帶包紮好，情緒也好點了，能夠勉勉強強地承認羅伯特不是故意暗箭傷人了。

羅伯特回答得同樣客客氣氣，安西雅趕緊把話頭轉到別的事情上。她說：

「你們大概不想借護身符的光到別的地方去玩玩吧。」

---

❷ 米洛的維納斯——著名的古希臘大理石雕塑，一八〇〇年在希臘的米洛島發現。

埃及！」珍馬上說。「我想去看貓咪。」

「我不去，那兒太熱了！」西里爾說。「我在這兒都有點吃不消，更別說埃及了。」眞的，樓梯第二個轉彎處是屋裡最涼快的地方，可是就連這兒也熱不可當。「我們還是去北極吧！」

「我想護身符不會去過那個地方。再說，我們的手指可能會凍傷，再也不能把護身符舉起來，讓它送我們回家了。不，多謝啦！」羅伯特說。

「哎，」珍說，「我們還是去聽聽沙米亞德的意見吧。我們問它，它會高興的，即使我們不聽它的也不要緊。」

沙米亞德被從綠色的繡花袋裡請了出來，可是還沒向它提任何問題，學者先生的門已經開了，樓梯上響起了那位和學者共進午餐的客人的聲音。客人好像手抓著門柄在說話。

「找個醫生看看吧，老兄，」客人說，「你關於傳心術的一套統統是胡扯。你工作過度了。上迪耶普❸去休幾天的假吧。」

「我還是寧可到巴比倫去。」學者說。

「我希望你到亞特蘭提斯去，這樣等你回來，就可以爲我的《十九世紀》這篇文章提供一點素材了。」

---

❸迪耶普：法國一旅遊勝地。

「我但願能去。」學者說。

「再見，多多保重。」

門「砰」地一聲關上了，客人笑咪咪地走下樓梯，他是個健壯的大個兒男人，孩子們得站起來讓他過去。

「哈囉，小朋友們。」他向西里爾頭上的繃帶和羅伯特的手瞅一眼。「打架了嗎？」

「沒事的，」西里爾說。「可是，你要他去的亞特蘭蒂克❹是個什麼地方？我們聽見你對他這樣說的。」

「要知道，你的嗓門很大。」珍安慰性地說。

「亞特蘭提斯，」客人說，「失落的亞特蘭提斯，西方的極樂園。了不起的大陸沉沒在大海裡了。他們可以在柏拉圖❺的著作裡讀到它。」

「謝謝。」西里爾半信半疑地說。

「那兒有護身符嗎？」安西雅問，她被一個突如其來的念頭變得焦急了。

「有好多好多。是他對你們說的嗎？」

---

❹亞特蘭蒂克是「大西洋」，和亞特蘭蒂斯只差一個字母，西里爾聽錯了。

❺柏拉圖：古希臘哲學家。

「是的，經常說起的。他待我們非常好。我們非常喜歡他。」

「唔，他需要的是休假，你們勸勸他吧。他需要換換環境。你知道，他腦子裡塞滿了關於埃及和亞述帝國等等的知識，結了一層硬殼，除非你成天價用鎯頭敲，否則啥東西也進不去。我沒有功夫，可是你們是住在一個屋子裡的。你們可以幾乎一刻不停地用鎯頭敲。試試看，好嗎？好！再見！」

他一步三級下了樓，珍說他是個好人，她認為他自己也有小女孩。

「我真想跟他們一塊兒玩。」她沉思地補充一句。

三個大一點的孩子互相交換目光。

西里爾點點頭：「好，那我們就去亞特蘭提斯吧。」

「我們去亞特蘭提斯，把學者先生也帶去，」安西雅說，「他事後會認為是做夢，不過這肯定可以換換環境。」

「為何不帶他去美麗的埃及呢？」珍問。

「那兒太熱了！」西里爾回答得乾脆。

「那為何不去巴比倫，他不是想去嗎？」

「巴比倫我受夠了，」羅伯特說，「至少是目前。別人也受夠了。原因我不知道，」他知道珍要問什麼，就搶在她前面唱上一句，「不過反正是受夠了。小松鼠，我們拿掉這些討厭的繃帶，穿上法蘭絨衣吧。我們可不能穿了內衣去呀。」

「他想要去亞特蘭提斯，所以他總有一天要去的，那還不如跟我們一塊兒去。」安西雅說。

正因爲如此，所以啊，學者在傾聽了關於亞特蘭提斯和其他許多事情的意見——對此他並不完全表示同意——在轉椅中坐了幾分鐘解除疲勞後，一睜開眼睛，就看見他的四個年輕朋友一溜排開站在他前面。

「你願意同我們一塊兒到亞特蘭提斯去嗎？」安西雅問。

「你知道是在做夢就說明夢快要醒了，」學者自言自語，「或者它難道只不過是一個像『到巴比倫有多少哩路，』那樣的遊戲？」

於是，他高聲說：「非常感謝，可是我只抽得出一刻鐘時間。」

「這根本不需要時間，」西里爾說。「你知道，時間僅僅是思想的一種方式，你早晚要去的，那爲什麼不和我們一塊兒去呢？」

「好吧。」學者說，現在確信自己是在做夢了。

安西雅伸出一隻柔軟的、粉紅色的手，學者把它握住。她輕輕地把他拉起來。珍把護身符向上舉起，同時念了咒語。

「去亞特蘭提斯，就在外面好了。」西里爾說。

「你這個傻瓜蛋！」羅伯特罵他。「亞特蘭提斯是個島，島外面全是水啊。」

「我不去，我不去。」沙米亞德在袋裡亂打亂踢。

可是，護身符已經變成一個大拱門。西里爾把學者推進拱門——因爲學者當然年齡最大——不是推進水裡，而是推進戶外的地板上。其他人跟著進去。護身符又變小了，他們全都站在一條船的甲板上，水手們在忙忙碌碌地把鏈條套在碼頭上的纜柱把船繫牢。纜柱和鏈條是金屬的，像黃金一樣閃閃放光。

起初，船上似乎人人都忙忙碌碌，顧不及注意費茨羅伊街新來的一伙。有些像是高級船員的人在大聲向水手們發號施令。

他們站在那裡，目光穿過寬闊的碼頭望著遠處聳現的城市。他們看見的是他們當中任何人以前未曾見過的，甚至做夢也沒有想到過的最美麗的景象。

藍色的大海在和煦的陽光下閃耀；戴著白帽子的小波浪在大理石防波堤上撞得粉碎，防波堤保護一個大城市的航運不受寒風和海水的蹂躪。碼頭是大理石的，像黃金般閃著光芒。城市坐落在小山上，是紅色和白色大理石的。大一點的像是神殿和王宮的房屋是用金銀鋪屋頂的，但極大多數屋頂是銅的，在小山上閃發出金黃色的光芒，在鹹的浪花以及山腳下染坊和冶煉廠冒出的煙霧觸及的地方，逐漸轉化爲綠色、藍色和紫色。

寬闊壯觀的大理石階從碼頭一直向上通往一塊似乎有好幾哩長的高地，遠處就是建造在山上的城市。

學者深深地吸了一口氣說：「了不起！眞了不起！」

「噯，先生，你叫什麼名字，」羅伯特問。安西雅在旁邊彬彬有禮地補充說：「他意思是說我們永遠記不住你的名字。我記得是德什麼……的先生。」

「我在你們這樣大的時候人家叫我吉米，」學者怯生生地說。「你們介意嗎？在一個這樣的夢裡，要是我——要是有什麼東西使我變得更像你們當中的一個，那我就會感到更自在。」

「謝謝你——吉米，」安西雅費力地說。可對一個大人叫吉米好像太沒有禮貌了。「吉米，親愛的！」她又叫了一聲，這回一點不費力了。吉米微微一笑，顯得很高興。

可是現在船已經繫牢了，船長有功夫注意別的事情了。他渾身海上生活打扮，向他們走來。

「你們在這兒幹什麼？」他惡狠狠地問。「你們是來賜福還是使我們遭殃的？」

「當然是賜福，」西里爾說。「很抱歉打攪了你，不過我們是靠魔法到這裡來的。我們是從太陽升起的地方來的。」他繼續進行解釋。

「我懂了，」船長說；誰也沒有料到他居然會懂。「我開頭沒有注意，不過我當然希望你們是個好的兆頭。我們需要。這個人，」他南畢手向學者一指，「大概是你們的奴隸吧。」

「哪裡，」安西雅說，「他是個非常了不起的人。人家管他叫哲人。我們想觀光你們美麗的城市，還有你們的廟宇等等，看了以後就回去，他會把他的觀感告訴他的朋友，他的朋友會寫一本關於它的書。」

「書是什麼呀？」船長問，手指撥弄著一根繩子。

「書是一記錄，寫在紙上，或者，」她忽然想起巴比倫的書法，又急忙補充一句，「或者刻在石頭上。」

一種突如其來的信任感使珍把護身符從脖子上拿下來。

「就像這個。」她說。

船長好奇地看看護身符，但是另外三個孩子注意到，在埃及和巴比倫僅僅提到護身符就引起莫大的興趣，而船長都一點不感到興趣。

船長只說：「石頭是我國出產的，上面刻的像我們的文字……，不過，我不認識字。你們的哲人叫什麼名字？」

「吉——吉米。」安西雅吞吞吐吐地說。

船長重複了一遍，「吉——吉米。你們上岸嗎？要我帶你們去見國王嗎？」

「聽著，」羅伯特說，「你們的國王會討厭陌生人嗎？」

「我們有十個國王，」船長說，「國王這根線從波塞冬❻——我們所有人的父親——到現在始終沒有斷過，它有一個高貴的傳統就是禮待客人，只要他們是抱著善意來的。」

---

❻ 波塞冬：希臘神話中的海神。

「不過，我不認識字。」

「那就請你帶路吧，儘管我很想看看你美麗的船，坐著它去轉一圈。」

「以後再說吧，」船長說，「眼下恐怕暴風雨要來了——你們聽到那古怪的隆隆聲嗎？」

「沒事兒，船長，」站在近旁的一個老水手說，「那不過是沙丁魚在游過來。」

「聲音太響了。」船長說。

一陣揪心的靜默，於是船長登上碼頭，其他人跟在後面。

「跟他談談——吉米，」安西雅邊走、邊說，「你可以爲你朋友的著作弄清楚許許多多事情。」

「請原諒，」學者懇切地說，「我只要一說話夢就會醒的，何況他說的話我也不懂。」

誰也想不出說些什麼好，所以把他們全都默不作聲地跟著船長走上大理石台階，穿過城市的大街小巷。城市裡有街道、商店、房屋和市場。

「就像巴比倫，」珍小聲說，「只不過所有的東西完全不一樣。」

「幸虧十個國王都受過良好教育——知道禮待客人。」安西雅向西里爾咬耳朵。

「是呀，」西里爾說，「這兒沒有最深最深的地牢。」

街上沒有馬或馬車，但是有手推車和木輪車，腳夫們頭上頂著包，好些人騎著大象一樣的東西，只不過這些野獸遍體長毛，神情也不像我們在倫敦動物園看慣了的大象那樣溫順。

「猛獁❼！」學者喃喃說，在一塊鬆動的石頭上絆了一下。

在他們走的時候，街上的人不斷向他們湧上來，可是船長總是在人群沒有變得過份擁擠之前把他們趕開，嘴裡不住地說：

「太陽神的孩子們和他們的大祭司——來為城市賜福的。」

人們聽了就會往後退，嘴裡發出低低的喃喃聲，像是壓抑住的歡呼。

許多房屋都是塗金的，但是大一點的房屋上的黃金顏色有所不同，一些拋光的銀子般的尖頂聳立在它們上面。

「所有這些房子是眞金的嗎？」安西雅問。

「廟宇當然是塗金的，」船長回答，「不過一般房子只是含鋅黃銅的，價錢不大貴。」

這時學者臉色煞白，跌跌撞撞地走著，嘴裡不住聲地說：

「含鋅黃銅——含鋅黃銅。」

「別怕，」安西雅說，「我們只要舉起護身符，馬上就可以回家。你現在就想回家嗎？我們自己隨便哪一天都可以來的，方便極了！」

「啊，不，不，不，」他熱誠地懇求，「讓我把夢做下去。求求你，求求你。」

---

❼猛獁：古代一種大型哺乳動物，和現代的象相似。

「高貴的吉——吉米恐怕路上累了，」船長看出學者步子不穩，「可是我們離開大廟還遠著哪，國王們今天要在哪裡供奉。」

船長在一大塊園地的門前停住腳步，那塊地像是個公園，因為它的黃銅色牆上露出高大的樹木。一群人等著，船長幾乎馬上就回來，牽著一頭滿身長毛的象叫他們騎。

於是，他們就騎了。

騎得眞有勁。倫敦動物園裡的象騎著走也挺有意思，可是牠只走了短短一段路就繞回來，太沒勁了。可是這隻滿身是毛的大野獸在街上走啊走的，穿過廣場和花園不住地走。這是座壯麗的城市，幾乎一切東西都是紅、白或者黑大理石的。大夥時不時地從一條橋上經過。

一直等他們爬上市中心所在的小山，他們才看見整座城市分成二十個圓圈，陸地和水交替出現，每個水圓圈上都架著橋，他們就是從橋上過來的。

這時，他們來到了一個大廣場。廣場一邊聳立著一座巨大的建築，它是貼金的，有一個銀圓頂。其餘的建築物是一般的黃銅的。整個廣場在陽光下閃閃發光，難以想像地燦爛輝煌。

「你們得洗個澡，」等遍體長毛的象笨拙地跪下後，船長說，「覲見國王之前照例要這樣做。男人、女人、馬和牛都要洗澡。這兒有高級洗澡設備。我們的波塞冬父親賜給我們兩個泉，一個是熱的，一個是冷的。」

孩子們從來沒有在金澡盆裡洗過澡。

騎得眞有勁

「感覺眞不錯。」西里爾撥著水說。

「至少這不是金的，它是——它叫什麼來著？」羅伯特說：「把毛巾遞給我。」

澡堂有好幾個大池，嵌在地底下，洗澡要從台階下去。

等大家洗得乾乾淨淨，在繁花似錦的庭院裡集合後，安西雅怯生生地說：「吉米，你是不是覺得這一切好像比巴比倫或埃及更像今天？啊，我忘了，從來沒有去過那兒。」

「不過，我對那些國家多少有些了解，」學者說，「我完全同意你的看法。這個見解非常高明——親愛的，」他尷尬地補充一句，「這個城市肯定顯示一種比埃及或巴比倫高得多的文明水準——」

「跟我來，」船長說。「喂，孩子們，讓開。」他從一小群孩子中擠過去，這些孩子正在玩用一根繩子繫住的乾栗子。

「哇！」羅伯特說，「他們在玩打栗子❽，就像我們街上小孩們玩的！」

他們發現他們置身的島被三座牆圍住。船長告訴他們，最外面一座牆是銅的，中間一座牆像是銀的，實際上是塗錫的，最裡面一座牆是含鋅黃銅的。

三座牆當中還有一座金牆，有金塔和金門。

---

❽打栗子：一種兒童遊戲，雙方各用繩子繫住一個栗子，輪流互相撞擊，擊破對方的栗子爲勝。

開了。

「請大家參觀波塞冬神殿，」船長說，「我進去是不合法的。我在外面等你們回來。」

船長教他們進了神殿應該說些什麼，來自費茨羅伊的五個人就手拉手向前走去。金門慢慢地開了。

「我們是太陽的孩子，」西里爾照船長教他的說，「還有我們的大祭司，至少船長是這樣叫他的。他在家裡另外有個名字。」

「他叫什麼名字？」一個伸出手臂站在門口的穿白長袍的男子問。

「吉——吉米，」西里爾回答，他也像安西雅一樣遲疑了一下。對於一個如此博學多才的人，這樣叫他的確好像太失禮了。「我們是來波塞冬神殿跟你們的國王說話的——波塞冬這個字發音正確嗎？」他焦急地小聲問學者。

「正確，」學者說，「真奇怪，你對他們說的話我都懂，可是他們對你說的話我一句也不懂。」

「巴比倫王后也這樣覺得，」西里爾說，「這是魔法的一部分。」

「啊，這個夢眞怪！」學者說。

穿白袍的祭司身旁來了幾個人，他們一齊鞠躬到地。

祭司說：「請進，太陽的孩子們和你們尊貴的吉——吉米請進。」

神壁就在裡面一個院子裡——全都是銀的，有金小塔和金門，還有一個巨大的金像，男女都有。還有一根巨大的圓形立柱，是其他貴重金屬做的。

他們從門裡進去，祭司領他們走上一部樓梯，進入一個長廊，從那裡他們可以俯視這個氣象萬千的地方。

「十個國王眼下還在挑選公牛，我是不准看的。」祭司說罷，面朝下撲在長廊外的地上。孩子們向下觀望。

屋頂是象牙的，用三種貴金屬裝飾起來，牆壁是用最受喜愛的含鋅黃銅排成行的。神殿盡頭是一大批雕塑，製作之精美是任何在世的人從未見過的。雕塑都是金的，主要的一尊塑像的頭一直碰到屋頂。那尊塑像便是波塞冬——城市之父。他站在一輛大戰車裡，戰車由大匹巨大的馬拉著，四周是一百條騎在海豚上的美人魚。

十個衣飾華麗的人，手裡拿著棍棒和繩子作武器，竭力要把十五頭正在神殿地上亂竄亂奔的公牛中的一頭捉住。孩子們一個個屏住了呼吸，因爲公牛們看上去非常凶惡，巨大的生角的頭甩得越來越瘋狂。

安西雅不敢朝公牛看，她朝長廊四周看，看見另外還有一部樓梯通往更高一層樓，還有一扇門通向露天，那兒似乎有個陽台。

下面傳來一陣歡呼聲，羅伯特小聲說：「抓住了。」

安西雅朝下一看，只見牛群正被用鞭子趕出神殿，十個國王跟在後面，其中一個國王用棒頭驅趕一頭被繩圈套住正在拼命掙扎的黑公牛。

羅伯特激動地說：「這下沒戲可看了。」

「有的看，那兒有個外陽台。」安西雅回答。

於是，他們從人堆中擠了出去。

可很快兩個女孩子悄悄地回來了。

「我不喜歡供奉。」珍說。因此她和安西雅去跟祭司談話，祭司已經不再合撲在地上，而是坐在最高一級台階上用袍子擦腦門上的汗，因爲天氣非常炎熱。他說：

「這是一次特殊的供奉，通常每隔五、六年在審判日舉行。酒杯裡放點公牛血，國王們喝了血，宣誓要公正地審判，然後穿上藍色的王袍，把神殿裡所有的火都熄滅。不過今天舉行供奉，是因爲大海古怪的喧鬧聲攪得市內人心惶惶，大山裡的神在用雷鳴般的聲音說話。不過這種事以前也經常發生。要是有什麼東西能使我心裡不踏實，就是那個了。」

「什麼那個呀？」珍親切地問。

「旅鼠。」

「牠們是什麼——敵人嗎？」

「牠們是一種老鼠，每年從不知什麼地方游水過來，在這兒待上一陣子，然後又游走。今年它們沒有來。你知道，一條快要失事沉沒的船，老鼠是不願意待的。要是我們這兒將發生什麼可怕的事，那些旅鼠會知道的，所以它們才避開我們。」

「這個國家叫什麼名字？」沙米亞德突然從袋裡伸出頭來問。

「亞特蘭提斯。」祭司說。

「那我勸你們躲到最高的地方去。我記得這裡曾經發生過洪水。聽著，」沙米亞德轉向安西雅說，「我們回去吧，這兒就要發生大水，對我的確不利。」

兩個女孩乖乖地找她們的兄弟去了，兩個男孩正伏在陽台欄杆上眺望。

「學者先生在哪裡？」安西雅問。

「在那兒——下面，」和女孩們一同來的祭司說。「你們高貴的吉——吉米正和國王們在一起。」

十個國王不再孤單。學者先生——誰都不知道他是怎麼跑到那兒去的——正和他們一同站在祭台的台階上，黑公牛的屍體就躺在那兒。院子其他的地方擠滿了人，各階層的人都有，他們都在一個勁兒地喊：「海——海！」

「大家安靜！」國王中一個最有國王氣概的人說，公牛就是他用繩索套住的。「我的城挺堅固，抵得住海和天空雷霆萬鈞的力量！」

「我要回家。」沙米亞德嗚嗚地叫著。

「我們不能撇下他回去。」安西雅堅決地說。

「吉米，吉米！」她大聲叫，同時向他揮手。他聽見了，開始從人堆裡擠出來向她走來。

從陽台上，他們看見船長正側著身子從人堆裡擠出來。船長的臉像紙一樣慘白。

「到山上去！」他用響亮和可怕的聲音叫道。他的聲音被另一個更響、更可怕的聲音——大海的聲音——壓倒。

女孩們向大海那邊望著。

從老遠平靜的海面，一樣巨大的黑色的東西向城市滾滾而來。那是一個波浪，浪頭足足有一百英尺高，像山，這個浪頭越來越高，最後突然分裂成兩個——一個又向海奔騰而去另一個——

「啊！」安西雅叫道，「城市——可憐的人民！」

「這其實是幾千年前的事。」羅伯特說，可是他的聲音在發抖。他們把眼睛遮住了一會兒。他們不忍心朝下面看，因爲浪波已經擊中城市，沖垮碼頭和船塢，摧毀巨大的倉庫和工廠，把堡壘和橋樑的大石頭掀下來，用它們作爲攻城槌向神殿沖撞。一些大船被捲到屋頂上，掉在山腰裡變成廢墟的花園和房屋中間。波浪把棕色的捕魚船在王宮的金屋頂上磨成粉末。

然後，波浪又回過頭向大海洶湧而去。

「我要回家！」沙米亞德拼命叫喊。

「啊，好的，好的！」珍說，兩個男孩也準備好回家——可學者偏偏不見了。

接著，他們突然聽見他奔上內陽台，邊奔邊叫：

一個像山一樣的浪越升越高

「我一定要看夢的結局！」他衝上更高一段台階，其他人跟在後面。他們發現自己來到一個角樓裡，角樓有頂，但四面是敞開的。

學者正倚在角樓的檔牆上，當他們和他重新會合時，巨浪又向城市沖來，這回升起得更高，殺傷力更強。

「回家！」沙米亞德叫道：「這是末日——我知道是末日！在那兒——」它用一隻顫抖的爪指著。

「啊，快走吧！」珍叫道，同時把護身符向上舉起。

「我要看夢的結局。」學者叫道。

「你要是這樣做，就永遠看不到別的東西了。」西里爾說。

「啊，吉米！」安西雅懇求道。「我以後再也不帶你出來了！」

「你們要是不馬上走，就永遠沒有這個機會了。」沙米亞德說。

「我一定要看夢的結局！」學者頑固地說。

周圍山上是黑壓的人，都是從村子裡逃上山來的。在他們逃的時候，白色的山峰升起縷縷輕煙，然後火光一閃，火山開始把它內部神秘的東西向上噴發。大地震動了，灰燼和硫磺陣雨般撒落下來，一陣細微的浮石像雪片般落在乾燥的土地上。森林裡的象紛紛向山頂奔去，三十碼長的大蜥蜴從山澗裡逃出來，向大海奔去。雪融化了，奔瀉而下，先是雪崩，繼而是洶湧的急流，巨大的岩石被火山向上拋起，落在幾哩外的海裡，激起高高的水花。

「啊，眞可怕！」安西雅叫道。「快回家！快回家！」

「夢的結局。」學者喘著氣說。

「把護身符舉起。」沙米亞德突然叫了起來。他們站立的地方現在擠滿了男男女女，兒童們被緊緊擠壓在檔牆上。角樓搖搖晃晃，波浪已經打到金牆跟前。

珍把護身符向上舉起。

「現在，」沙米亞德叫道，「快念咒語！」

珍念咒語的當口，沙米亞德從袋裡跳出來，把學者的手咬了一口。

在這同時，兩個男孩把學者推出拱門，大家都跟在他後面出了門。

學者轉過身向後看，穿過拱門，他什麼也沒看見，只看見汪洋大水，水上面露出可怕的火山的尖頂，還在凶猛地噴水。

＊

學者蹣跚地回到他的椅子裡。

「多可怕的夢呀！」他喘著氣說。「啊，你們來了——親愛的。有什麼事情能爲你們效勞嗎？」

「你的手受傷了，」安西雅溫柔地說，「我來把它包紮一下。」手果然血出得很厲害。

沙米亞德已爬回它的袋裡。孩子們一個個面無人色。

＊

過了些日子，沙米亞德說：「我永遠不再同一個大人一起到過去去了！這話我替你們四個人說，你們照我說的做。」

「護身符還沒有找到哩！」再過了些日子，安西雅說。

「當然沒有找到，它不在那兒。只有做它的石頭在那兒，它掉在幾哩外一隻容易逃出來的船上，到了埃及了。我早應該告訴你的。」

「你早告訴我就好了，」安西雅說，她的聲音還在顫抖。「你爲什麼不告訴我？」

「你從來沒有問過我呀。」沙米亞德繃著臉說。

「我可不是那種愛管閒事的人。」

「吉——吉米先生的朋友的文章現在有材料了。」又過了些日子，西里爾說。

「不見得，」羅伯特夢幻似地說。「有學問的吉——吉米會認爲這是個夢，他八成一個字也不會對那個傢伙講。」

羅伯特說對了。學者先生果然一句話也沒有對他的朋友講。

10 小黑女孩和凱撒❶

一座大城市被海水吞沒，一個美麗的國家被活火山毀滅——這些事情並不是你一星期七天每天都能看到的。如果真讓你看到了，無論你一生中另外還看到過多少千奇百怪的事兒，這種景象反應會使你激動得透不過氣來。亞特蘭提斯對於西里爾、羅伯特、安西雅和珍的透氣就肯定有這種影響。

他們接連幾天一直處於這種透不過氣來的激動狀態。學者也和他們一樣激動萬分，他上氣不接下氣地向安西雅講了他做的一個奇特的夢。他說：「看得這樣清清楚楚，詳詳細細，你簡直不會相信。」

但是，安西雅說她一點不費力就信了。

學者已不再談傳心術了。他現在稀奇事兒見得太多了，不相信傳心術了。

由於處於激動狀態，孩子們誰都不提議通過護身符進行新的遊覽。羅伯特說他們對護身符已

❶尤利烏斯・凱撒：古羅馬統帥、獨裁者，後被貴族刺殺。

經有點「厭倦」了，他這句話說出了大家的心裡話。他們肯定都厭倦了。

至於沙米亞德，可怕的洪水，還有拼命滿足學者和巴比倫王后只爲自己不爲別人著的願望，已使它精疲力盡，牠一頭鑽進沙裡，再也不出來了。

孩子們讓牠在沙裡睡覺。如果帶牠到外人中去，外人就有隨時向它提出種種討厭的願望的危險，這種危險是越來越清楚了。

在倫敦，不靠護身符和沙米亞德幫忙，也有許多開心的事可以做。比方說，你可以參觀倫敦塔、議會兩院、國家美術館、動物園、不止一個的公園、南肯辛頓科學博物館、圖索德夫人蠟像陳列館或者基尤皇家植物園。你可以乘內河船去基尤——孩子們要是去的話一準走這條路。只是他們沒有去，因爲正在他們討論旅行的安排，應該帶點什麼吃的，帶多少，整個旅程要花多少錢的節骨眼上，小黑女孩的冒險事兒發生了。當時四個孩子正坐在聖詹姆斯公園的長椅上，在觀看鵜鶘神氣活現地擊退海鷗的進攻，海鷗總是一門心思想跟鵜鶘一塊兒做遊戲。鵜鶘想自己身段不好，做不了遊戲（牠這樣想是完全正確的），所以，牠把極大部分時間都用來假裝它不做遊戲並不是出於身段不好這個原因。

亞特蘭提斯引起的激動已經逐漸過去了。西里爾向來什麼事情都喜歡刨根問底，這時心裡又琢磨開了。當羅伯特問他幹嗎那麼氣呼呼的，他回答說：

「我沒有，我只不過在動腦筋。等我動好腦筋我會告訴你的。」

「如果是關於護身符，那我不要聽。」珍說。

「沒有人硬要你聽，」西里爾只隨便回敬了一句，「何況我還沒有想好。我們上基尤植物園去玩吧。」

「我寧可乘輪船去。」羅伯特說，兩個女孩笑了。

「不錯，」西里爾說，「你們笑好了，我就是要去。」

「嘿，他就是要去吶！」安西雅說。

「我不是存心跟你過不去。」羅伯特和氣地說。

「啊，別說了，」西里爾說，「還是談談基威吧。」

「我要去看看那兒的棕櫚樹，」安西雅急忙說，「看看它們是不是跟我們上次去過的那個島上的棕櫚樹一樣。」

所有的不愉快都被一陣愜意的回憶一掃而光。「你記得嗎……？」「你忘了嗎……？」

「天哪！」當回憶的浪潮退落一點後，西里爾說。「我們著實經歷了不少呢！」

「可不是嗎！」羅伯特說。

「不能再有更多啦！」珍說。

「我就是在想這件事。」西里爾回答；就在這個節骨眼上，他們聽見小黑女孩在吸鼻涕。她離他們很近。

她實際上不是一個黑女孩。她衣服破破爛爛，邋里邋遢，因爲哭個不停，眼皮腫得成了一條縫，從那條縫裡幾乎看不見她的眼睛是多麼藍。說她黑女孩是因爲她的衣服是黑的，太大太長。她頭上戴一頂飄著黑緞帶的水手帽，這頂帽子適合一個比她大得多的頭，而不適合她那個長著淡黃色頭髮的小頭。她站在那裡向孩子們望著，不住吸鼻涕。

「哎呀！」安西雅跳起身，「你怎麼啦？」

她把手放在小女孩的胳膊上，小女孩粗暴地把它推開。

「別管我，」小女孩說，「我又沒有惹你們。」

「可是到底怎麼啦？」安西雅問。「誰打你了嗎？」

「這管你什麼事？」小女孩凶狠地說。「你反正好好的。」

「走吧，」羅伯特扯扯安西雅的袖子，「她是個骯髒、粗野的小孩。」

「啊，不，」安西雅說，「她只不過是非常不快活。什麼事呀？」她又問了一遍。

「啊，你反正是好好的，」小女孩重複了一遍，「你又不去工會。」

「我們送你回去好嗎？」安西雅問。珍接著問：「你媽媽住在哪裡？」

「她不住在那裡——她已經死了！」小女孩惡狠狠地說，口氣又痛苦又得意。說完，她把兩隻腫脹的眼睛睜得大大的，怒氣沖沖地跺跺腳，跑了。她跑到旁邊一張長椅前，一下撲倒在椅上，又號啕大哭了。

安西雅立刻走到小女孩跟前，用雙臂緊緊地抱住那個縮成一團的黑身子。

「啊，別哭，親愛的，別哭！」她向被壓彎了的大水手帽下面小聲說，「講給安西雅聽，安西雅會幫你的。哎，哎，親愛的，別哭。」

其他人站得遠遠的，一、二個過路人好奇地望著。

這當口，女孩哭哭停停，不哭的時候就跟安西雅說話。

一會兒功夫，安西雅就向西里爾點點頭，火冒三丈地小聲說：

「真可怕！她父親是個木匠，老老實實的，除了星期六滴酒不飲，他到倫敦來找活兒，可是找不到活兒，就死掉了。她的名字叫伊莫金，到十一月就滿九歲了。現在她媽媽也死了，她今晚住在好心的房東太太家裡，明天救濟官就要來送她去工會，也就是濟貧院。那太可怕了！我們能想個辦法幫幫她嗎？」

「我們去問問學者先生吧！」珍出主意。

由於沒有人想得出更好的主意，一群人就盡快返回費茨羅伊街，小女孩牢牢地抓住安西雅的手，這會兒已經不哭了，只是不住輕輕地吸鼻涕。

學者先生正在寫作，他放下手中的筆抬起頭，臉上的笑比過去自然多了。孩子們在他房裡感到輕鬆自在，房間好像眞心歡迎他們，甚至木乃伊也彷彿在以它古老、優越的埃及方式微笑，好像見到他們感到高興。

安西雅和11月滿九歲的伊莫金坐在樓梯上。另外三個孩子進去向學者解釋他們遇到的難題。學者一本正經地聽著。

「眞倒楣，」西里爾最後說，「因爲我經常聽說有錢人最想要孩子——儘管我知道我決不會要，可是他們要。肯定會有人願意要她。」

「吉普賽人特別喜歡孩子，」羅伯特抱著希望說。「他們老是偷別人的孩子。他們也許會要她的。」

「她是個很不錯的小女孩，眞的，」珍補充說，「她只不過起先有點粗野，因爲我們非常快樂，她卻不快樂。你懂，是不是？」

「是的，」學者說，心不在焉地摸弄著一個藍色的小埃及偶像。「我全懂。正如你所說，肯定會有個家庭歡迎她去的。」他皺起眉頭，沉思地望著藍色的小偶像。

門外的安西雅心裡想解釋工作未免做得太長了。她一個勁地安慰小黑女孩，讓她快活起來，沒有注意到沙米亞德被她說話的聲音鬧醒了，已經抖掉身上的沙，正在曲曲彎彎爬上樓梯。她還沒有看見，牠已經爬到她身旁了。她把它抱起來，放在自己膝蓋上。

「這是什麼呀？」黑女孩問。「是貓還是猴子什麼的？」

於是乎，安西雅聽見學者說：

「是的，我希望能找到一個樂於教養她的家庭。」她立刻感到坐在她膝上的沙米亞德開始鼓勁了。

她跳起身，抓住小女孩的手，衝進學者的房間叫道：

「我們得待在一起。大家拉住手——快！」

大家像做遊戲似的手拉手站成一圈。安西雅用牙齒咬住大褂下襬做一個袋，把沙米亞德兜在袋裡，急忙加入到圈子裡去。

「是做遊戲嗎？」學者有氣無力地問。沒人回答。

片刻的緊張，接著便是那種上下顛倒、內外倒置的古怪的感覺，一個人被用魔法從一個地方搬到另一個地方時幾乎總有這種感覺。另外還有這些場合例有的昏昏沉沉、朦朦朧朧的感覺。

霧散了，上下顛倒、內外倒置的感覺消失了，六個人照舊站成一圈，只不過他們的十二隻腳不是站在學者房間的地毯上，而是站在綠油油的草地上。他們頭上不是費茨羅伊街黑黝黝的天花板，而是蔚藍的天空。本來是牆壁和木乃伊的地方，現在是高大的、綠色的樹——橡樹和白蠟樹，樹之間，還有樹底下，是糾結錯雜的灌木和常春籐。另外還有山毛櫸，不過山毛櫸底下一無所有，只有它們自己枯黃的葉子，偶或有一簇綠色的蕨類植物。

他們還是像做遊戲似的手拉手站成一圈。樹林裡就他們六個人手拉手站著。這聽起來很簡單，但你們必須記住，他們根本不知道樹林在哪兒。一種奇怪的感覺使學者說：

「天哪，又是個夢！」

這樣一說，孩子們就幾乎肯定知道他們是在一個非常久遠的年代了。至於小伊莫金呢，她叫了一聲「喔唷唷！」就一直把嘴巴張得大大的。

「我們是在什麼地方？」西里爾問沙米亞德。

「英國。」沙米亞德回答。

「什麼時候？」安西雅焦急地問。

「大約公元前五十五年，」沙米亞德惱怒地說。「你們還有什麼事情想了解嗎？」牠從安西雅藍麻布大褂做的袋裡伸出頭來，蝸牛眼睛左右轉動。「這個地方我從前來過——變化不大。」

「唔，可是爲什麼到這兒來呢？」安西雅問。

沙米亞德回答：「你們那個不替別人著想的朋友想要找個家庭，那個家庭願意收容那個天知道你們怎麼撿到的乳臭未乾的醜丫頭。在大地懶時代，受過良好教育的兒童是不作興在公園裡同衣衫破爛的陌生人講話的。你們那位欠考慮的朋友想要找一個地方，那兒有人願意收養這個討厭的陌生人，所以你們就來了！」

「是來了，」安西雅耐心地說，眼睛望著四周陰森森的樹木。「可是爲什麼偏偏在這兒？爲什麼偏偏在這個時候？」

「難道你認爲在你們的時候，在你們的城裡，會有人要這樣一個孩子嗎？」沙米亞德用惱怒的口吻說。「你們把他們的國家弄得一團糟，連一丬孩子存在的空間也沒有——誰都不要孩

安西雅把外套鋪在地上，把沙米亞德放在上面。

子。」

「這又不是我們幹的。」安西雅耐心地說。

「把我帶到這兒又偏偏不帶防水布，」沙米亞德火氣要大了。「可是人人都知道古代英國氣候是多麼潮濕多霧。」

「喏，把我的外套拿去吧！」羅伯特邊說邊把外套脫下來。安西雅把外套鋪在地上，把沙米亞德放在上面，再用它把沙米亞德裹住，只露出眼睛和毛茸茸的耳朵。

「好啦，」她安慰地說。「要是天像要下雨了，我馬上可以把你遮住。現在我們做什麼？」

另外幾個孩子已經鬆開手，這

時擁上來聽沙米亞德怎樣回答。

伊莫金用敬畏的口氣小聲說：

「猴子也會說話！我還以爲只有鸚鵡才會說話哩！」

「做什麼？」沙米亞德回答。「我才不管你們做什麼哩！」說罷，它把頭和耳朵鑽進羅伯特的花呢外套裡去了。

孩子們面面相覷。

「這只是個夢，」學者懷著希望說，「只要夢不醒，肯定會出事的。」果然出事了。

黑樹林的寂靜被兒童的笑聲和談話聲打破了。

「我們去瞧瞧吧！」西里爾說。

「這只是個夢，」學者對落在後面的珍說。「要是你不順著夢走——要是你抗拒——夢就會醒的。」

下層灌叢裡有一個空隙，像一個傻瓜蛋開出的路。於是，學者帶頭，大家列成單行沿著這條路走去。

不久，他們來到林中一大塊空地。空地上有許多房子——也許你會管它們叫棚屋——房子周圍築著泥和木籬笆。

「這有點像古埃及的城市。」安西雅小聲說。果然是的。

一群兒童，渾身一絲不掛，正手拉手圍成一圈在跳跳蹦蹦做遊戲。在長滿草的土堆上，坐著幾個身穿藍、白袍和獸皮縫製的短袖束腰外衣的婦女，在看兒童遊戲。

來自費茨羅伊街的孩子們站在樹林邊上，也看著兒童做遊戲。一個長頭髮的女人坐得離別的婦女稍稍遠一點，她的目光中有一種東西使安西雅感到憂傷和難過。

「那些小女孩沒有一個是她自己的。」安西雅心中暗想。

穿黑衣服的倫敦小女孩拉拉安西雅的衣袖：

「看啊，那邊那個女人挺像媽媽，媽媽的頭髮很美，只要她有功夫梳理。媽媽要是活著，決不會打我。」

女孩在急切中已經走出樹林，被目光憂傷的女人看見了。女人站了起來，瘦削的面孔被初升太陽似的光輝照亮了、開朗了，她的一雙雙瘦長的手臂向倫敦小女孩伸出去。

「伊莫金！」她叫道——至少這個字比任何其他字都有力量。「伊莫金！」

一陣死樣的寂靜，赤身露體的兒童們停止了遊戲，土堆上的婦女們一個個伸長頭頸望著。

「啊，是媽媽——是媽媽！」倫敦來的伊莫金叫道，飛也似的從空地上奔過去。她和她媽媽緊緊擁抱在一起——抱得那麼緊，那麼有力，就像石雕那樣站了好一會兒。

於是，婦女們把她們團團圍住了。

「這是我的伊莫金！」女人叫道。「啊，是的！她沒被狼吃掉！她回到我身邊來了。告訴我，親愛的，你是怎麼逃出來的？你一直在什麼地方？是誰給你吃，給你穿的？」

「我什麼也不知道！」伊莫金說。

「可憐的孩子！」圍在四周的婦女們小聲說，「可怕的狼使她精神錯亂了。」

「可是你認識我嗎？」金髮女人說。

伊莫金用雙臂摟住女人赤裸的頭頸，回答道：

「啊，認識的，媽媽，太認識了。」

「什麼？她們在說些什麼？」學者焦急地問。

「你希望到一個有人願意要這個孩子的地方去，」沙米亞德說。「孩子說這是她媽媽。」

「是媽媽嗎？」

「你自己看嘛。」沙米亞德說。

「我想你們這些孩子對我的影響太大了，」學者感慨地說。「我認識你們以前從未做過這樣的夢。」

那天晚上，當英國人在地上鋪了一堆乾草讓他們躺在上面睡覺，他們單獨在星空下面時，西里爾開腔了：

「伊莫金的事情總算解決了，我們自個兒也玩得很開心。我建議我們在戰鬥打響前回家吧。」

「什麼戰鬥？」珍困乏地問。

「尤利烏斯・凱撒，你這個笨蛋，」她親愛的哥哥回答。「你難道不明白，如果今年是公元前55年，尤利烏斯・凱撒隨時都會出現嗎？」

「我想你最喜歡凱撒了。」羅伯特說。

「是的——在歷史上。不過被他的兵士殺死又是一回事。」

「我們要是看見凱撒，應該勸他別讓他的兵士殺我們。」安西雅說。

「你來勸凱撒？」羅伯特哈哈大笑。

大家還來不及阻止學者，學者已經說出口了：「但願我們什麼時候能看見凱撒就好了。」

不用說，就在沙米亞德為實現學者的願望而鼓足勁的一剎那，五個為沙米亞德數數的人發現自己已經在凱撒的兵營裡，就在凱撒的帳篷外面。他們看見凱撒了。學者的願望時間概念不明確，沙米亞德一定利用了這一點，因為他們目前所在的時間和在乾草中表達願望的時間不是一天中同一個時間。

這是日落時分，偉大人物正坐在帳外一張椅子上，他的目光越過大海凝視著英國——每個人不用說都知道他是凝視著英國。帳篷十分豪華，兩邊有兩根高桿，高桿頂上有兩隻金鷹。帳篷門簾上印著S.P.Q.R.四個字母❷。

偉人把他凝視英吉利海峽紫色海水的威嚴目光移向新來者。儘管他們是不知從什麼地方突然冒出來的，凱撒卻連眼皮也沒動一下，剛毅的嘴絲毫沒繃緊，說明他們是一些早就被盼望著的使者。他鎮定自若向哨兵揮了揮手，哨兵握著武器向新來者撲上去。

「退下！」凱撒用音樂般激動人心的聲音說，「凱撒什麼時候怕過孩子和學者？」對孩子們來說，他講的似乎是唯一的一種他們能懂的語言，可是學者卻聽見凱撒說的是拉丁語——腔調有點怪，但是聽得懂——他就也有點生硬地用拉丁語說：

「啊，凱撒，這是個夢。」

「是個夢？」凱撒重複了一遍。「什麼夢？」

「就是這個夢。」學者說。

「不是的，」西里爾說，「這是魔法。我們是在另一個時候從另一個地方來的。」

「我們想請求你別爲征服英國費神了，」安西雅說，「英國是個小小的窮地方，不值得爲它費心。」

「你們是從英國來的嗎？」凱撒問道。「你們的衣服式樣很難看，不過做工倒不錯。你們的

---

❷ 這四個字母是「羅馬元老院與羅馬市民」的縮寫。

頭髮和羅馬公民的頭髮一樣短，不像野蠻人的頭髮那樣長，但我認爲你們是野蠻人。」

「我們不是野蠻人，」珍說得又氣憤，又急切，「我們決不是野蠻人。我們來自日不落帝國，我們在書上讀到過你的事跡。我們的國家有許多好東西——聖保羅教堂、倫敦塔、圖索德夫人蠟像陳列館——」。

這時，別的孩子阻止了她。

「別說廢話啦！」羅伯特苦惱地說。

凱撒默默地向孩子們盯著看了一會兒。他叫來一個兵士，和他悄悄說了幾句話，然後高聲說：「你們三個大一點的孩子可以在兵營裡自由行動。很少孩子享受過參觀凱撒兵營的特權。學者和小女孩留在我這兒。」

誰都不喜歡這種安排，可是凱撒無論說什麼是不容違抗的，所以啊，三個大一點的孩子就只好走了。

只剩下珍和學者兩個人，偉大的羅馬人認爲要讓他們把腦子裡的東西都說出來是再容易不過了。誰知偏偏不然，要弄清楚他們腦子裡的東西實在不容易。

學者一口咬定所有這一切都是個夢，不肯多講，理由是如果多講了，夢就會醒的。

珍受到仔細盤問，她講了許多情況，比方鐵路啊、電燈啊、氣球啊、軍艦啊、大砲啊、火藥啊……等等，等等。

「他們用刀打仗嗎？」將軍怪有興趣地問。

「是的，刀、槍和大砲都用。」

凱撒問到底槍是什麼，珍說：

「你一放槍，它砰的一聲，人就倒下死了。」

「槍是什麼樣子的？」

珍覺得這很難形容，就對他說：

「羅伯特兜裡有一支玩具槍。」

於是乎，另外三個孩子就被叫來了。

男孩們非常詳盡地向凱撒講解了槍的構造，他饒有興趣地把槍拿在手裡翻來覆去看看。這是兩先令一支的槍，上次在古埃及村莊裡立過勳功偉蹟。

「我下命令造槍，」凱撒說，「你們要被扣留在這裡，直到我知道你們說的是眞話爲止。我本來已經拿定主意，爲征服英國費神不值得。可是你們告訴我的事情使我改變了主意，現在我認爲征服英國是完全値得的。」

「這全都是胡扯，」安西雅急了。「英國只不過是個未開化的島——盡是霧啊、樹啊、大河啊。不過人民倒挺好的。我們認識那裡的一個小女孩，名叫伊莫金。再說，你們造槍也白搭，因爲槍沒有火藥打不響，發明火藥要好幾百年，我們不知道怎樣製造火藥，無法奉告。所以，親愛

他們向尤利烏斯・凱撒講解了槍的構造

的凱撒，還是快點回去吧，別去碰那個小小的窮英國啦！」

「可是，那個小姑娘說——」凱撒說。

「珍告訴你的都是將來的事兒，」安西雅打斷了凱撒的話頭，說道：「離開現在足足有一、二千年。」

「小姑娘是個預言家，是嗎？」凱撒說，神情很古怪。「做這行年紀還小了點，是不？」

「你願意的話儘管可以叫她預言家，」西里爾說，「不過，安西雅說的是實話。」

「安西雅？」凱撒說。「那是個希臘名字。」

「很可能是吧，」西里爾提心吊膽地說。「我希望你能放棄征服英國的念頭。這不值得，眞的不值得！」

「恰恰相反，」凱撒說，「你們告訴我的事情使我下定決心要幹，那怕只是爲了弄清英國的眞面目。衛兵，把這些孩子押起來。」

「快，」羅伯特說，「別讓衛兵把我們押起來。這一套我們在巴比倫已經受夠了。」

珍把護身符向東方舉起，念了咒語。學者被推進拱門，四個孩子也飛也似地穿過拱門，回到他們自己的時代以及學者那安靜、骯髒的起居室。

*

說也奇怪，當凱撒在高盧❸海岸——我認爲就在布倫❹附近——紮營時，他在夕陽的餘輝中坐在帳篷前面，目光穿過英吉利海峽紫色的海水凝視著遠處。猛地裡，他打了一個冷戰，擦擦眼睛，召喚他的文書。年輕的文書迅速從帳篷裡面出來。

「馬克斯，」凱撒說，「我做了一個非常奇怪的夢。夢裡有些事情忘了，但好多還記得，足夠使我拿定以前沒有拿定的主意。明天要給從利杰里斯調回的船裝備糧食和其他必需品。我們將

---

❸ 高盧：古代歐洲西部法國、比利時一帶，公元55年左右曾被凱撒征服。

❹ 布倫：法國北部的一個港市。

向這個三角形的島進發。第一，我們只帶兩個軍團。如果我們聽見的情況屬實，兩個軍團就足夠了。但如果我做的夢是眞的，那麼，一百個軍團也不夠。因爲我的夢是最最荒唐的，甚至凱撒那樣了不起的頭腦也受到折磨，而凱撒一生中夢見的稀奇古怪的事情還不少嗎？」

「要不是你把我們今天的情況統統講給凱撒聽，他決不會入侵英國的。」當他們坐下喝茶時，羅伯特向珍埋怨道。

「胡說！」安西雅一邊倒茶一邊說，「這件事一千年前就定局了。」

「我不知道，」西里爾說。「請把果醬遞給我。所謂時間不過是一種思想方式眞把人搞糊塗了。要是所有的事情都發生在同一個時候——」

「不可能！」安西雅堅決地說，「現在是現在，過去是過去！」

「不一定，」西里爾說。「當我們在過去的時候，現在就是未來。」他得意地補充。

安西雅無法否認。

「我應該在兵營裡多看看的。」羅伯特說。

「是啊，我們有點得不償失，不過伊莫金倒很快樂，」安西雅說。「我們讓她快快活活留在過去。我在詩歌裡常常看到人們在過去很快樂。現在我懂這是什麼道理了。」

「留在過去，這個主意倒不壞。」沙米亞德從袋裡伸出頭來困倦地說，說罷又馬上把頭縮進去了。

11 在法老面前❶

尤利烏斯·凱撒和小黑女孩冒險經歷的第二天，西里爾一陣風似地衝進浴室去洗手吃午飯（你不會知道他的手髒到什麼地步，因爲他一上午都在屋後蓄水箱旁玩海難船員遊戲），看見安西雅趴在浴缸邊上正在朝浴缸裡嗚嗚地哭。

「喂！」西里爾以手足之情關懷地說，「又怎麼啦？在你哭滿一浴缸鹽水洗澡之前，午飯都已經涼了。」

「滾開！」安西雅惡狠狠地說。「我恨你！我恨所有的人！」

一陣難堪的靜默。

「我不知道——」西里爾溫順地說。

「誰也什麼都不知道。」安西雅嗚嗚地哭著。

「我不知道你在生氣。我還以爲你像上星期那樣又在水龍頭上把手指弄痛了呢？」西里爾耐

❶法老：古代埃及國王的稱號。

心地解釋。

「嘿——手指！」安西雅一邊吸鼻涕、一邊嗤笑。

「得啦，母老虎，」他不安地說。「你跟人家吵架還是怎麼的？」

「沒有，」她說。「天哪，要是你是來洗手的，就快洗吧，要不然就滾蛋！」

安西雅是難得發脾氣的，所以她一發脾氣，大家就總是驚訝勝於憤怒。

西里爾走到浴缸旁邊，站在她身旁，把一隻手搭在她胳膊上。

「別哭啦！」他說，口氣對他來說是十分溫柔的。他發現她雖然沒有馬上不哭，但好像並沒有反感，就用手臂摟住她的肩膀，用他的頭在她耳朵上擦著。

「好啦！」他的口氣彷彿在開一帖排憂解愁的萬靈藥。「到底怎麼回事？」

「你保證不笑我？」

「我根本笑不出來。」西里爾鬱鬱悶悶地說。

「那好吧！」安西雅說，把嘴巴湊在他耳朵邊，「是因爲媽媽。」

「媽媽又怎麼啦？」西里爾問，顯然一點也不表同情。「今天早晨不是剛接到她的信，說她一切都好嗎？」

「是的，可是我想她。」

「想她的又不光是你一個！」西里爾說得斬釘截鐵，他的斬釘截鐵的語氣就說明一切了。

「啊，是的，我知道，」安西雅說。「我們大家時時刻刻都想她。可是我現在想她想得最厲害，都快想瘋了！我從來沒有像這樣地想過一樣東西。那個伊莫金女孩——古代英國王后摟抱她的那種親熱勁兒！伊莫金不是我，可是王后是媽媽。還有今天早晨她的信！還有小弟弟喜歡洗鹽水澡！她走的前一天就是把他放在這個澡盆裡洗的——嗚，嗚，嗚！」

西里爾在她背上敲了幾下，說：

「打起精神來，你知道我心裡在想什麼嗎？我是在想媽媽。我們馬上讓她回來。要是你像個懂事的孩子，不哭，把臉洗乾淨，我就告訴你。對啊，讓我到水龍頭下面去洗手。你別哭了行不行？要不要我把房間鑰匙從你背心上滑下去？」

「那是哄小孩的，但我和你一樣已經不是小孩了。」安西雅說，不過她還是破涕爲笑了，她的嘴開始恢復原狀。你知道，當你放聲大哭的時候，你的嘴會變得多麼難看！

「聽著，」西里爾說，兩隻手把肥皂搓來搓去，手上滿是滑膩膩的肥皂沫。「我心裡想，到現在爲止，我們只不過拿護身符玩玩的。現在我們得讓它幹活——讓它發揮它的全部作用。而且這不光是媽媽一個人。另外還有爸爸，他在炮火連天的戰地。我不大哭大鬧，我只是想——啊，討厭的肥皂！」肥皂在他手指的壓力下彈出去了，正好擊中安西雅的下巴，力量就像用彈弓發射一樣大。

「哎呀，」她嗔怪地說，「我只好洗臉了。」

「你反正要洗的，」西里爾說得挺有把握。「喏，我的想法是這樣的。你知道傳教士嗎？」

「知道。」安西雅說，實際上她一個傳教士也不認識。

「傳教士總是給野蠻人帶去許多有用的東西，比方珠子項鏈啊、白蘭地啊、胸衣啊、帽子啊、背帶啊，這些東西野蠻人沒有，也從未聽見過。野蠻人因為他們慷慨而喜歡他們，送給他們珍珠、貝殼、象牙和食火雞。就這樣──」

「慢著，」安西雅撥著水說。「你說什麼我聽不見。貝殼和──」

「貝殼和諸如此類的東西。最要緊是要做得落落大方，讓人家喜歡你。我們應該做的就是這個。下次我們到過去去旅行的時候，應該多帶點東西。你記得巴比倫王后對那個筆記簿愛不釋手嗎？我們應該多帶點這類東西，拿它們做交換，讓我們看一眼護身符。」

「看一眼有什麼意思？」

「是沒有意思。不過，你難道不明白，我們只要看見了，就知道它在什麼地方，就可以趁晚上大家都睡覺的時候把它弄到手了。」

「這不算是偷吧？」安西雅若有所思地說，「因為當我們做的時候，那將是好久好久以前了。啊，吃飯鈴聲又響了。」

用完午餐之後（午飯吃的是罐頭大麻哈魚和萵苣，還有果醬餡餅），台布被拿掉，西里爾就把他的主意講給另外兩個孩子聽，還把正在沙裡睡覺的沙米亞德叫醒，問牠用什麼商品來博得比方古埃及人的歡心比較合適，問牠是否認爲護身符能在法老的宮裡找到。

可是，沙米亞德搖搖頭，無望地彈出一雙蝸牛眼睛說：

「我是不允許參加這個遊戲的。當然我立刻就能查明這半塊護身符在什麼地方，只不過我不能這樣做。但是我得承認你們帶東西去送人這個主意挺不錯。不能一下子把它們全都拿出來。要帶點小玩意兒，把它們巧妙地藏在身上。」

這個忠告似乎很有道理。不一會兒，桌子上就雜七雜八地堆滿了孩子們自以爲能使古埃及人感興趣的東西。安西雅拿來了布娃娃、智力積木、一套木茶具、一個綠色的皮盒，上面印著三個燙金的字：「百寶盒」，這個盒子是愛瑪姑媽送給安西雅的，當時盒子裡有剪刀、削鉛筆刀、大頭針、打眼錐、頂針和螺絲錐。剪刀、頂針、削鉛筆刀當然沒了，但其他東西還在，完好如新。西里爾捐獻了鉛兵士、一門大砲、一把彈弓、一把開聽刀、一支領帶夾，還有一個網球和一把沒有鑰匙的掛鎖。羅伯特拿出一根蠟燭，他說：「我想他們從未見過石蠟蠟燭）、一只日本製的別針盤子、一枚刻著他父親姓名地址的橡皮圖章，還有一團油灰。

珍另外添上了一個鑰匙圈、一個撥火棒銅柄、一只冷霜空罐、一粒她冬天衣上掉下來的煙灰色珠母鈕釦，還有一把沒有鎖的鑰匙。

「不能把所有這些垃圾都帶去啊，」羅伯特有點不屑地說。「我們得每人挑一樣東西。」

一下午，大家從桌上挑選四樣最合適的東西，過得很愉快。但是四個孩子對什麼東西最合適意見不一致，最後，西里爾說：

「聽著，我們大家把眼睛蒙住，伸出手去摸，摸到什麼就算什麼。」

就這樣講定了。

西里爾摸到了掛鎖。

安西雅摸到了「百寶盒」。

羅伯特摸到了蠟燭。

珍摸到了領帶夾。她說：「沒意思，我不信古代埃及人會戴領帶。」

「不要緊，」安西雅說。「挑得不恰當反而好。在神話裡，樵夫的兒子總是在林中撿到一樣東西，認為它沒用險些把它扔掉，最後才發現這樣東西原來是有魔力的，要不就是哪個國王丟失的，國王把女兒嫁她他作為酬謝。」

「我可不要任何人嫁給我，多謝啦！」西里爾堅決地說。

「我也不要，」羅伯特說。「神話總是講到婚娶就結束了。」

「大家準備好了嗎？」安西雅問。

「我們去埃及是不是？——美好的埃及？」珍說。「我不願去一個我不了解的地方，比方那座波浪滔天、大火熊熊的可怕的山城。」

於是乎，大家連哄帶騙地把沙米亞德裝進了布袋。

「哎，我對國王都有點厭惡了，」西里爾突然說。「而且王宮裡人人都注意你。再說，護身符肯定是在一座神殿裡。我們還是到平民百姓中間去，逐步提高自己的威信。沒準他們會讓我們在神殿裡做助手。」

「就像執事或司事什麼的，」安西雅說。「他們偷神殿裡寶貝的機會可不要太多吶。」

「沒錯！」大家一齊回答。珍把護身符向上舉起，它又一次變成了一個大拱門，溫暖的東方金色的光又在門外和煦地照耀。

當孩子們走進拱門時，耳朵裡響起許多響亮和憤怒的聲音。他們頓時立刻從費茨羅伊街寂靜的餐廳進入一群東方人中間，這群人怒氣衝天，根本顧不及理會他們。他們悄時以地從這群人當中穿過，來到一所房子的牆跟前。這群人中男人、女人、小孩都有。他們的膚色各各不同，隨便哪個孩子都可以用一先令一盒的顏料把他們的照片著色。孩子們給皮膚著的色可能是淺黃、深黃、淡紅、深褐和墨黑。不過他們的臉已經著過色——黑眉毛、黑睫毛、有些人嘴唇塗得紅紅的。婦女們穿著有背帶的連衣裙，頭上和肩上鬆鬆地用布纏著。埃及男人衣服穿得很少——因為他們是工人——男孩女孩什麼都不穿，除非你把他們脖子上和腰上掛著的一串串小裝飾物算做衣服。四個孩子只看見這些，什麼聲音也聽不清。每個人都在大聲嚷嚷。

可是，一個聲音壓倒了其他聲音，不一會兒，就四下一片寂靜，只剩下它一個了。

「同志們、工人朋友們。」說話的是個高個兒，紫銅臉膛，爬在一輛馬車上，這輛馬車是被人群攔下來的，主人已經從車上跳下，嘴裡咕噥著要叫衛兵，此刻高個兒就在馬車上講話。「同志們，工人朋友們，我們的老板依靠我們的勞動果實飽食終日，過著窮奢極慾的生活，我們受他們壓迫要到何年何月呢？他們只給我們一點點勉強吃飽肚子的工資，自己卻養尊處優。我們一輩子辛辛苦苦幹活使他們過著荒淫無恥的生活。讓我們來結束這種狀態吧！」

回答他的是一陣暴風雨般的掌聲。

「你打算怎麼辦呢？」一個聲音叫道。

「你要小心，」另一個聲音叫道，「要不然你會倒楣的。」

「它和我上星期日在海德公園❷聽到的幾乎一字不差。」羅伯特小聲說。

「我們要爲爭取更多的麵包、洋蔥和啤酒，爭取更長的午休時間而鬥爭。」高個兒繼續說。「你們累，你們餓，你們渴，你們窮，你們的妻兒嗷嗷待哺。有錢人的穀倉滿得都快炸了，這些穀子是我們勞動生產出來的，是我們需要的。大家到穀倉去！」

「到穀倉去！」人群中一半人喊道，可是另一個聲音在喧嘩聲中響起：「到法老那兒去！到國王那兒去！向國王遞交請願書！他會傾聽受壓迫者的呼聲！」

剎那間，人群左右搖擺——先是向穀倉這邊，繼而向王宮那邊。然後，像一股堵塞的急流突

---

❷ 海德公園：英國倫敦的一所公園，因爲經常舉行政治性集會而出名。

然開放似的，人群像洪水般沿著街道向王宮湧去，兒童也被捲著一起走。安西雅好不容易才使沙米亞德不被擠壓得透不過氣。

人群在街上飛奔，街上的房屋色彩單調，窗戶很少，而且開得高高的；人群穿過市場，市場上人們不是用錢買東西，而是以物易物。在一個短暫的停頓中，羅伯特看見有人用一籃洋蔥換一把木梳，五條魚換一串珠子。市場裡的人彷佛比人群裡的人境況好些，他們的衣服比較好，也比較多。要是今天，這種人是居住在布里克斯和布羅克萊❸的。

「出什麼事啦？」一個懶洋洋的、大眼睛的女人問一個賣棗子的小販，這女人穿一件打褶的、半透明的麻布衣服，黑頭髮編成好些辮子，高高向上翹起。

「噢，好工人又在鬧事了，」賣棗子的小販回答，「你聽了他們說的，還以爲他們沒有東西填飽肚子哩。社會的渣滓！」

「垃圾！」女人罵道。

「這話我以前也聽見過。」羅伯特說。

這功夫，人群的聲音從憤怒變成懷疑，又從懷疑變成恐懼。另外一些聲音在吆喝，這些聲音帶著蔑視和威嚇，很快地越來越近。轔轔的車輪聲和得得的馬啼聲。一個聲音喊道：「衛隊來

---

❸ 布羅克斯和克羅克萊是英國兩個貴族和富人居住的地區。

了！」

「衛隊來了！衛隊來了！」另一個聲音喊道，工人隊伍也跟著喊：「衛隊！法老的衛隊！」人群又搖擺了一下，躊躇了一會。緊接著，馬蹄聲更近了，工人四散奔逃，紛紛逃進小巷，逃進房屋的後院，衛兵乘著有浮雕圖案的雙輪戰車疾馳而來，向工人展開猛烈進攻，衛兵的車輪在石子上格格作響，他們的黑色束腰外衣被他們刮起的風捲得高高的。

「暴亂被鎮壓了！」穿打褶麻布衣服的女人說，「謝天謝地！你看見衛隊長了嗎？他長得多帥！」

四人孩子趁人群逃跑前的片刻間歇已經悄悄溜進一個有拱頂的門洞子。他們各自深深地吐了口氣，互相望著。

「總算脫險了！」西里爾說。

「是的，」安西雅說，「不過那些可憐人要是沒有被驅散，能見到國王就好了。國王也許能幫他們一把。」

「如果是《聖經》裡的國王就不會幫他們的，」珍說。「他是鐵石心腸。」

「噢，那是摩西❹，」安西雅解釋道，「約瑟夫❺就不一樣了。我想看看法老的房子，不知

---

❹ 摩西：《聖經》故事中猶太人的古代領袖。

❺ 約瑟夫：《聖經》故事人物，遭兄長妒忌，被賣往埃及爲奴，後來當了宰相。

道是不是和水晶宮裡的埃及王宮一樣。」

「我想我們是講好到一個神殿去的。」西里爾有點不樂意了。

「不錯，不過我們先得認識個人。我們可以跟神殿看門人交朋友——我們可以把掛鎖或別的什麼送給他。我不知道哪裡是神殿，哪裡是王宮。」羅伯特補充說，目光越過市場，落在一扇高聳入雲的、有巨大側面建築的大門上。大門左右兩旁是其他建築物，不過豪華程度稍遜一點。

「你們想找阿蒙—拉神殿？」他們後面一個柔和的聲音問道，「還是想找穆特神殿或者康蘇神殿？」

他們回過頭去，看見一個年輕人站在他們身旁。他從頭到腳鬍鬚毛髮剃得乾乾淨淨，腳上穿一雙草鞋，身上穿一件白麻布外衣，繡著各種艷麗的色彩。他渾身上下戴滿腳鐲、手鐲、臂釧，都是金的。一隻手指上戴著一個戒指，一件金絲繡的短上衣有點像佐阿夫兵❻穿的，脖子上有一個金項圈，上面掛著許多護身符。可是沒有一個護身符和孩子們的護身符相似。

「隨便哪個神殿都行。」西里爾直率地說。

「那把你們的使命告訴我，」年輕人說，「我是阿蒙—拉神殿的神父，我也許能助你們一臂之力。」

---

❻ 佐阿夫兵：法國古時候的一種輕步兵，因為穿阿拉伯式華麗服裝而著名。

「那好，」西里爾說，「我們是從日不落帝國來的。」

「我還以爲你們是從一個人跡罕至的偏僻地方來的呢！」神父客客氣氣地說。

「我們看過不少王宮，我們想看座神殿換換口味。」羅伯特說。

沙米亞德在它的繡花袋裡不安地動了一動。

「你們送神殿的禮物帶來了嗎？」神父小心翼翼地問。

「帶來了一些，」西里爾同樣小心翼翼地回答。「你知道，這些禮物是施過魔法的，所以不能告訴你。不過我們不願意把禮物白白送掉。」

「小心別冒犯了神，」神父厲聲說。「我也會施魔法。我能做一個你的蠟像，我能念咒語，就像蠟像在火中熔化一樣，咒語會使你逐漸變小，最後一命嗚呼！」

「呸！」西里爾重重地啐了一口，「那有什麼稀奇？我能變出火來。」

「我非常想看你表演一下。」神父將信將疑地說。

「好，我變給你看，」西里爾說，「這再便當不過了。你就站在我旁邊好了。」

「你不需要做準備工作——不需要齋戒，不需要念咒語？」神父的口氣顯得一點也不相信。

「咒語是很短的，」西里爾心領神會，「至於齋戒，我的魔法是用不著的。」接著他就胡亂念起所謂咒語來：「聯合王國國旗，印刷機，黑色火藥，英國愛國國歌！在這根小棒頭尖尖上變出火來！」

擋住火苗。

他事先已經從口袋裡掏出一根火柴，當他念完咒語——其中沒有一個字是那個埃及人曾經聽見過的——他就在他的一小群親屬和神父中彎下腰，把火柴在皮鞋上劃著。他站起身，用一隻手擋住火苗。

「看見嗎？」他得意洋洋地說。「喏，拿去吧。」

「不，謝謝你，」神父說，身子忙不迭往後退。「你能再來一次嗎？」

「當然能。」

「那就跟我到法老的雙層大屋去吧。他喜歡精彩的魔法，他會讓你出足風頭。內行之間用不著保守秘密，」他繼續推心置腹地說。「事實是，眼下我失寵了，因爲我有一個小小的預言沒有算準。我對法老說，敘利亞將會給他送上一位美麗的公主，可是，哇！送到的卻是一個三十歲的女人。可是她前不久還是一個美麗的女人啊。要知道，時間不過是思想的一種方式罷了！」

聽見這句熟悉的話，四個孩子心裡發毛。

「原來你也知道這句話？」西里爾說。

「這是所有一切魔法的訣竅，可不是嗎？」神父說。「要是我帶你們去見法老，我對你們說的小小的不愉快就會被忘掉。我會要求法老——偉大的王朝、太陽的兒子、南方和北方的主宰——下命令，允許你們住在神殿裡。這樣你們就可以好好地四下瞧瞧。你把你的魔法教給我，我把我的魔法教給你。」

這個主意好像挺不錯，至少比這一瞬間每個人想的其他主意來得好，所以啊，他們就跟神父進城去了。

街道非常狹窄和骯髒。神父解釋說，最好的房子是造在二十到二十五英尺高的城牆內的，城牆裡露出窗戶開得非常高。棕櫚樹的頂露出在城牆上面。窮人的房子是些正方形的棚屋，一扇門，兩扇窗，煙從後面一個洞裡冒出來。

「自從我們上次來埃及到現在，埃及窮人的居住條件沒有得到很大的改善。」西里爾小聲對安西雅說。

棚屋是用棕櫚樹枝鋪屋頂的，觸目皆是雞和山羊，光屁股的小孩在黃泥地裡打滾。一個屋頂上有一頭山羊，它爬在屋頂上，正在吃乾棕櫚樹葉子，邊吃邊呼哧呼哧地噴氣，頭快樂地搖來搖去。每窗棚屋門上都有某種圖案或花紋。

「這是護身符，」神父解釋道，「驅除毒眼用的。」

「我覺得你的美好埃及並不怎麼樣，」羅伯特小聲對珍說，「它比巴比倫差多了。」

「啊，等你看了王宮再說吧！」珍小聲回答。

真的，王宮要比他們當天看到的任何東西都宏偉壯麗得多，儘管它和巴比倫王宮相比，就一點不起眼了。他們是通過一個巨大的正方形門道走進王宮的，門道是沙岩石的，用柱子支撐，嵌在一重磚砌的高牆裡。兩扇緊閉的門是白楊木的，黃銅鉸鏈，門上飾有銅釘。旁邊另有一扇小門，神父領他們從這扇小門進去。神父似乎知道一個暗號，哨兵聽見暗號就放他進去了。裡面有一個花園，種著無數種樹木和開花的灌木，有一個湖，湖裡滿是魚，湖邊白睡蓮怒放，鴨子在快樂地游來游去，如珍所說，看上去很現代化。

「這是衛兵宿舍，這是倉庫，這是王后寢……」神父一一指點著說。

他們經過一個石板鋪砌的院子，神父向一個佇立在裡面一扇大門旁的衛兵小聲說了幾句，然後轉向孩子們說：

「我們很幸運，法老現在還在榮譽法庭裡。千萬別忘記對他要尊敬和贊美。你們要是撲倒在地上膜拜也不會有什麼壞處。還有，你們無論做什麼事情，除非他對你們說話，你們決不可主動開口。」

「在我父親小時候，我們國家也向來有這個規矩。」羅伯特說。

在大廳的另一頭，一群人在和衛兵們爭論，甚至把他們推推搡搡，衛兵們似乎除非向他們行賄，照例一個人也不放行。孩子們聽見一些人保證給衛兵重謝，心中懷疑這些保證能不能兌現。

大廳四周盡是上過漆的圓形木柱。屋頂是松木製的，鑲嵌得金璧輝煌。大廳正中是一部大台階，稍前面一點又是一部，然後是一部稍稍狹一點、十分陡削的台階，一直通到法老坐的寶座。法老威嚴地坐在那裡，頭上戴著紅、白兩色的雙重王冠，手裡執著權杖。寶座有一個木頭和木頭柱子的華蓋，色彩鮮艷奪目。大廳四周是一排低矮寬闊的長椅，上面坐著國王的朋友、親屬和侍臣，身子斜靠在坐墊上面。

神父領孩子們走上台階，直到他們全都站在寶座前面；冷不防，神父伸出雙臂，把身體合撲在地上。大家都依法炮製。安西雅因爲抱著沙米亞德，倒地的時候十分小心。

「扶他們起來，」法老的聲音說，「讓他們對我說話。」

國王的侍從把他們扶了起來。

「這些陌生人是誰？」法老問，又十分生氣地加上一句：「雷克・馬拉，你還沒有證實自己無罪，爲何膽敢來到我面前？」

「啊，偉大的國王，」年輕的神父說，「您是拉❼的化身，和他的兒子何露斯一模一樣。您懂得神和人內心的思想，您已經料到這些陌生人是日不落帝國被征服的、卑微的國王的孩子。他們懂得一種埃及人不懂的魔法。他們帶來了禮物向法老進貢，法老的心中充滿神的智慧，法老的嘴裡充滿神的眞理。」

「說得不錯，」法老說，「可是禮物在哪兒？」

四個孩子把腰盡可能彎得低低的，窘迫地發現他們自己成了一群人注意的中心點，這群人比他們所能想像的更加威嚴，更加珠光寶氣，更加五彩繽紛。他們從懷裡掏出了掛鎖、百寶盒和領

❼拉：古代埃及人崇拜的太陽神，它的形象是一個鷹頭男子，頭上頂著一輪太陽。

帶夾。

「但這並不是進貢，」西里爾喃喃說。「英國從來不進貢！」

王宮主管把這些東西呈交給法老，法老以莫大的興趣把它們翻來覆去看了一會，叫身旁的一個人把它們交給國庫管理人，然後對孩子們說：

「貢品雖小，但很新奇，很有價值。可是魔法呢，雷克・馬拉？」

「這些被征服國家的卑微的孩子……」雷克・馬拉開始說了。

「才不哩！」西里爾憤怒地小聲說。

「這些被征服國家卑微的孩子能夠當著大家的面從乾木頭裡變出火來。」

「我非常想看他們表演一下。」法老說，他說的話和神父說過的一樣。

西里爾不再囉唆，就表演了。

「再來一個！」法老看了佩服得五體投地。

「他不能再來了，」安西雅冷不防說，所有的目光都集中在她身上。「因爲外面的人在吵著要更多的麵包、洋蔥、啤酒和更長的午休時間。你要是滿足他們的要求，他就再來一個。」

「這小姐說話眞無禮，」法老說。「不過那些畜生要什麼就給他們吧，」法老頭也不回地說。「讓他們有更長的休息時間、更多的口糧。幹活的奴隸有的是。」

一個衣著華麗的官員匆匆出去了。

雷克・馬拉高興地湊在孩子們耳旁說：「你們將成爲人們崇拜的偶像，他們的貢品阿蒙神殿都將容納不下了。」

西里爾又劃了一根火柴，王宮裡一片歡騰和嘖嘖稱奇聲。西里爾從口袋裡摸出蠟燭，用火柴點燃，把燃燒的蠟燭在國王面前舉起，這時大夥的熱情就高漲到了無以復加的地步。

「啊，最最偉大的人，太陽、月亮和星星頂禮膜拜的人，」雷克・馬拉諂媚地說，「我被寬恕了嗎？我無罪事實清楚了嗎？」

「再清楚不過了，」法老馬上說。「滾吧！你被寬恕了。放心去吧。」

神父一陣風似地跑了。

猛然間，國王說：「那個袋裡什麼東西在動？陌生人，讓我看看。」

沒法子，只好把沙米亞德讓他看了。

「捉住它，」法老漫不經心地說，「一隻非常奇怪的猴子。我收藏的野獸裡，這可是樣新鮮玩意兒。」

孩子們苦苦哀求也好，沙米亞德狠狠地咬也好，一切都無濟於事，沙米亞德還是馬上被從他們面前捉走了。

「喂，你們要小心！」安西雅叫道。「至少要讓它保持乾燥！把它放在它的聖窩裡！」

她把繡花袋向上舉起。

「你們將成為人民崇拜的偶像」

「它是個有魔法的動物，」羅伯特說，「它是無價之寶！」

「你們沒有權利抓它，」珍不顧死活地叫道。「眞可恥，赤裸裸的搶劫。」

一陣可怕的靜默。於是法老開口了：

「把野獸的聖窩拿走，把他們統統關起來。今天吃過晚飯，我們可以看更多的魔術，開開心了。好好看住他們，別給他們上刑罰——至少暫時不要！」

「啊，天哪！」當他們被押下去時，珍哭了。「我早知道會這樣的！你們要是不來就好了！」

「閉嘴，傻丫頭！」西里爾說。「你不是吵著要到埃及來嗎？這全是你一個人的主意。閉嘴！不會有事的。」

「我還以爲能跟王后們玩球，快樂無窮哩！」珍嗚咽著說。「現在一切都太可怕了！」

他們被關在裡面的房間眞正是個房間，而不是兩個大一點的孩子擔心的地牢。按安西雅說，這總算是個安慰。牆上掛著畫，這些畫在任何其他時候都會是非常有意思的。房間裡還有一張矮榻和幾把椅子。

衛兵離去後，珍寬慰地舒了口氣：

「現在我們可以回家去了。」

「扔下沙米亞德不管？」安西雅責備地問。

「慢著，我有個主意了。」西里爾說。他想了一會兒，然後用拳頭砰砰敲著沉重的松木門。門開了，一個衛兵伸進頭來厲聲說：

「別鬧，要不——」

「聽著，」西里爾打斷他的話，「你覺得很無聊是不是？啥都不幹，光是看守我們。你想看套魔術嗎？我們願意變給你看。你想看嗎？」

「想看！」衛兵說。

「那好，你把那隻被捉去的猴子還給我們，我們就變給你看。」

「我怎麼知道你們不是在同我開玩笑呢？」衛兵說。「很可能你們只不過想把那隻畜生要回來讓它咬我。它的牙齒和爪肯定是有毒的。」

「哎，你瞧，」羅伯特說。「我們這兒什麼也沒有。你把門關上，過五分鐘再打開，就會變出一盆花來。」

「你們要是能做這個，那就什麼都能做。」衛兵說罷就出去把門閂上了。

於是乎，不用說，他們把護身符向上舉起。他們把護身符慢慢轉動，直到它開始變大，就知道那是東方了。他們從護身符變的拱門出去，回到費茨羅伊街家裡，從樓梯窗口拿了一盆開滿紅花的天竺葵又回到牢房裡。

衛兵進來一眼看見花，頓時傻眼了，他結結巴巴地說：「哎喲！我可真是——」

「我們還有比這個稀奇得多的魔術，」安西雅抓住機會進攻，「只要你把猴子送回來，我們就變給你看。這個兩便士硬幣給你。」

衛兵望著硬幣，問：「這是什麼呀？」

羅伯特解釋說這是錢，用錢買東西要比市場裡以物易物方便多了。後來，衛兵把硬幣送給了他的隊長，再後來，隊長又把它給法老看，法老當然老實不客氣地把它收下了，對硬幣這種做法十分心折。硬幣就是這樣開始在埃及使用的。我保證你不信，但既然這個故事的其餘部分你都信，那我不明白你爲什麼偏偏對這一點不信。

「我說，」安西雅突然有了個念頭，「那些工人不會有吧？國王不會因爲對我們發火就違背諾言吧？」

「不會的，」衛兵說。「你知道，你對魔法是很怕的。他說了話肯定算數的。」

「那就好了！」羅伯特說，然後安西雅細聲細氣地哄他：「去把猴子捉來吧，這樣你就可以看更多精彩的魔術了。快去吧——好心的兵士。」

「我不知道他們把你們那寶貝猴子放哪兒了，不過我要是找到一個人替我值班，我就盡力而爲。」他勉強地說，說罷就轉身走了。

「你是說，」羅伯特問安西雅，「我們甚至不想點辦法去找另外半塊護身符就回去嗎？」

「我想我們還是回去得好。」安西雅膽戰心驚地說。

「那另半塊護身符肯定就在這兒什麼地方，要不然我們的半塊護身符不會把我們帶到這兒來的。我眞希望能找到它。可惜我們不懂任何眞正的魔法，不然就能找到了。唉，眞不知道它在什麼地方。」

其實啊，他們不知道，那半塊護身符就近在咫尺。這時它正掛在一個人的脖子上，這個人正在從牆高處的一個洞眼裡注視他們，這個洞眼是專門爲監視關在牢裡的人設計的。可是孩子們並不知道。

孩子們焦急地等了約莫一個鐘頭。爲了解悶，他們仔細看牆上掛著的一張畫，畫裡是宴會上一些豎琴師在彈一些非常奇怪的豎琴，一些女人在跳舞。他們仔細端詳灰泥抹的地板；椅子是木頭的，漆成白色，有彩色的條紋。

但是時間過得慢極了，每個人都有功夫琢磨法老說過的一句話：「別給他們上刑罰——至少暫時不要。」

「要是最壞的情況發生，」西里爾說，「我們應該扔下沙米亞德逃走。我相信它能照顧好自己。他們發現它會說話，又能實現人們的願望，是不會殺死它或傷害它的。他們八成會爲它造一座神殿。」

「我不能扔下它逃走，」安西雅說。「法老說『吃過晚飯』，這表示暫時還不會。再說，那個衛兵好奇心也重。我確信我們眼下還不會有問題。」

儘管如此，拔門閂的聲音彷彿是天底下最美妙的聲音。

「要是他沒有捉住沙米亞德呢？」珍小聲說。

但是這個懷疑被沙米亞德自個兒消除了；因爲門幾乎還沒打開，沙米亞德已經從門縫裡鑽進來，跳進安西雅懷裡，它渾身發抖，毛根根豎起來。

「這是牠的漂亮外套！」衛兵說，把袋子遞過來，沙米亞德立刻鑽進袋裡。

「現在，」西里爾對衛兵說，「你想要我們做些什麼？你想要我們爲你弄點什麼東西？」

「隨便什麼小把戲都行，」衛兵說。「我想，要是你們能憑空變出一盆花，那你們就什麼都能弄到手。我只想從國王的金庫裡得到一大堆珠寶。這是我一直希望的。」

孩子們一聽到「希望」兩個字，就知道沙米亞德會出力的。果不其然，地板上頓時出現一大堆黃金和寶石。

「還需要什麼小把戲嗎？」西里爾神氣活現地問。「我們可以隱身了嗎？可以變沒了嗎？」

「你們高興就請吧，」衛兵說，「不過你們不能從門裡出去。」

他把門關上，用他寬闊的背把門頂住。

「不！不！」一個聲音從牆旁高高的木柱頂上傳來。有人在上面走動的聲音。

衛兵和大家一樣驚呆了，他說：

「那是魔法！」

珍念了咒語

這時，珍把護身符向上舉起，念了咒語。衛兵聽見念咒語的聲音，又看見護身符變成一個大拱門，就敬畏和恐懼地大叫一聲，直挺挺地倒在黃金珠寶當中了。

孩子們飛快地跑出拱門。可是珍停在拱門當中，回頭望著。另外三個孩子站在費茨羅伊街餐廳的地毯上，一齊轉過身去，看見她還站在拱門裡。

「有人把她抓住了，」西里爾叫道，「我們得回去救她。」

他們拉住珍的手，看看能不能把她拉過來，而她果然被拉過來了。

於是乎，拱門照例又變小了，他們又回到了家裡來了。

「啊，你們要是沒有拉我就好了！」珍惱怒地說。「眞夠味兒！神父來了，他把衛兵罵了一頓，說他既然幹了，他們兩個就只好拿了珠寶逃之夭夭了！」

「他們逃了嗎？」

「我不知道。我看得正在勁頭上，被你們打斷了！」珍抱怨地說。「我眞想看看結局到底怎樣啊！」

事實上，他們誰也沒看見結局，如果珍的「結局」指的是神父和衛兵的冒險經歷。

12 「對不起禮物」和被開除的小男孩

「聽著，」西里爾說，他正坐在餐桌上搖晃著兩條腿；「我真的明白了。」

「明白什麼？」另外三個孩子理所當然地一齊問。

西里爾正在用削鉛筆刀削木頭做一條船，兩個女孩在為她們的布娃娃做長大衣，因為天氣變冷了。

「怎麼，你們不明白？我們到過去找護身符肯定找不到的。過去充滿了不同的時期——就像海裡充滿了沙。我們肯定會搞錯時期。我們找那塊護身符也許找上一輩子也沒個影兒。嘿，現在都已經是九月底了，就像大海——」

「大海撈針——」羅伯特插嘴，「可是我們要是不這樣做，又怎麼做呢？」

「正是這樣，」西里爾苦惱地說。「真討厭！」

老保姆已端了一盤刀叉和玻璃杯進來，這時正在把台布和餐巾從餐櫃裡拿出來。

「每次逢到你做一件開心事，就總是要吃飯了」。

「要是我不準時把飯開出來，你就不開心了，西里爾少爺，」老保姆說，「你別老是嘀嘀咕咕的好不好。」

「我不是嘀咕，」西里爾爭辯，「不過每次總是這樣的。」

「才不呢，」老保姆說。「做這、做那、沒日沒夜地爲你們做事，但連句好話也沒有……」

「哎，你樣樣事情都做得那麼好！」安西雅說。

「這還是第一次你們有一個人說了一句恭維話。」老保姆話裡帶刺地。

「說又算得了什麼？」羅伯特回敬。「我們飯吃得夠快了，而且每次吃好飯幾乎總是有兩個人給你幫忙。這你應該清楚！」

「啊！」老保姆繞著桌子把刀叉放好。「羅伯特少爺，你就是這個樣子。我可憐的格林和我共同生活了幾十年，我問他飯菜滋味怎麼樣，他最多只回答兩個字：『不錯。』可是在他臨終時，他最後一句話是：『瑪麗亞，你向來是個頂刮刮的廚師！』」說完，她聲音都顫抖了。

「你就是嘛！」安西雅叫道，她和珍立刻把她緊緊抱住。

等老保姆走出房間後，羅伯特說：

「我知道她心裡是怎麼想的。大家聽著，我們以前沒有想到對她說她燒的菜是多麼好吃，她待我們是多麼好，我們要向她道歉，表示悔過。」

「悔過太傻了！」羅伯特說。

「悔過如果是爲了使別人高興就不傻了。我不是指穿了剛毛襯衣躺在石頭上受苦，我意思是送她一樣『對不起禮物』表示道歉。」安西雅解釋道。「我建議在我們對老保姆有所表示之前，西里爾不要把他的想法告訴我們。我們比他吃虧，」她迅速補充一句，「因爲他知道是什麼想法而我們不知道。大家同意嗎？」

別的孩子不同意會丟臉，因此他們都同意了。

直到午餐——羊肉餡炸餅、黑刺莓和蘋果派——快吃完，經過熱烈討論，才有了一個每個人都滿意而且希望老保姆也會滿意的主意。

西里爾和羅伯特出去——他們出去時嘴裡還有蘋果味道，嘴唇上還有黑莓的紫紅色，羅伯特連袖口上也有紫紅色——從文具店買了一大張硬板紙，又從管子工店裡——這家店的櫥窗裡陳列著水管、水龍頭和煤氣設備——買了一塊和硬紙板同樣大小的玻璃。管子工用一樣頭上有一小粒金鋼鑽的工具劃玻璃，還慷慨地送給他們一大塊油灰和一小塊膠。

兩個男孩出去買東西的時候，兩個女孩已經把四個孩子的四張照片浸在熱水裡，把它們從卡紙上揭下來，現在就把它們一直線貼在男孩們買來的硬紙板上端。西里爾把膠放在一只果醬瓶裡，再把果醬瓶放在鍋裡，鍋放在火上，讓膠熔化，羅伯特則在照片四周畫了一圈罌粟花。他畫得又好又快，因爲只要有人教過你，罌粟花是比較容易畫的。然後安西雅寫了兩行字，珍把字著上顏色。兩行字是這樣的：

以我們全部的愛表示
我們喜歡吃你的菜。

等畫乾了以後，他們全部在硬紙板末端簽了名，把玻璃放在畫上面，用棕色的紙粘住邊緣和背面，然後用兩根繩挽了個圈把它掛起來。

大家都發現things（菜）漏寫了一個n，但爲時已晚，不能因爲少了一個字母就全部推翻重來，於是他們把漏寫的字母添上去就算完工大吉。

「好啦！」安西雅小心地把鏡框面向上放在沙發底下。「膠水乾要好幾個鐘頭。現在，西里爾，你說吧！」

「唔，」西里爾用手帕擦著沾滿膠水的手急忙說，「我的想法是這樣的。」一個長時間的停頓。

「哎，」臨了，羅伯特說，「你到底要說什麼呀？」

「是這樣的，」西里爾說了一半，又停住了。

「是什麼樣的？」珍問。

「你們要是不住打岔，叫我怎樣說下去呢？」西里爾急了。

於是乎，大家都不響了，西里爾皺起眉頭把他的想法說了出來。

「聽著，」他說，「我眞正的意思是——我們去找護身符的時候做的事現在都能記住。要是我們找到了護身符，就一定也能記住。」

「當然！」羅伯特說。「只不過我們沒有找到。」

「可是我們將來會找到的。」

「眞能找到嗎？」珍問。

「眞能找到——除非我們受了沙米亞德的騙。所以，我們要去的地方，是我們將能在那兒記住我們是在什麼地方找到它的地方。」

「我懂了！」羅伯特說，其實他一點不懂。

「我不懂！」安西雅說，其實她倒有點懂。「再說一遍，要說得很慢很慢。」

西里爾果然很慢很慢地要是我們到未來去——等我們找到護身符以後——」

「可是我們先得把它找到呀！」珍說。

「噓！」安西雅制止她。

「會找到的，」西里爾看了三張毫無表情的臉反而頭腦更清醒了。「等我們找到護身符以後會有一個時間。我們要到那個時間去——這樣我們就能記住我們是怎樣找到它的。這樣我們就可以回來眞正地著手找了。」

「我懂啦！」羅伯特說，這回他眞的懂了，我希望你也懂了。

「是的，」安西雅說。「啊，西里爾，你眞聰明！」

「可是護身符在過去和未來都能起作用嗎？」羅伯特問。

「應該能的，」西里爾說，「假使時間只不過是那個叫什麼來著的東西。反正我們可以試試。」

「那我們把我們最好的衣服穿上吧，」珍來勁了。「人們說時代進步了，世界變得更美好光明了。我想將來的人會漂亮得不得了。」

「行，」安西雅說，「我們反正要去洗澡的。我渾身都是膠水呢！」等每個人都洗得乾乾淨淨，穿得整整齊齊，珍就把護身符向上舉起。

「我們要到未來去找護身符。」西里爾說罷，珍念了咒語。他們穿過護身符變的大拱門，逕直進了大英博物館。他們立即認出了它。護身符就在他們面前，放在一只玻璃櫃裡——他們自己的半塊，還有他們找來找去找不到的另外半塊——兩塊護身符一個紅寶石做的鉸鏈連在一起。

「天哪！」羅伯特叫起來。「它在這裡！」

「是的，」西里爾皺起眉頭說：「它在這裡，可是拿不出來。」

「拿不出來，」羅伯特說。他回想起巴比倫王后怎麼也沒有辦法把博物館玻璃櫃裡陳列的東西拿出來——後來即使靠沙米亞德的魔法拿出來了，還是無法把它們帶走。「是拿不出來——不過我們只要記得是在什麼地方得到它的，就可以——」

護身符就在他們面前，放在一只玻璃櫃裡

「啊，眞的嗎？」西里爾惡狠狠地插嘴，「你記得我們是在哪兒得到它嗎？」

「不，」羅伯特說，「現在眞的要想了，卻怎麼也想不起來了。」

另外三個孩子也都想不起來了！

「可是我們爲什麼想不起來呢？」珍說。

「我不知道，」西里爾的口氣有點不耐煩，「八成是哪一套魔術在作怪吧。要是學校裡像教算術一樣教魔術或者不教算術只教魔術就好了。那時有一個護身符就管用了。」

「我們所在的未來不知道離開現在多遠，」安西雅說，「博物館跟以前一樣，只不過稍許亮了一點。」

「我們還是回去再到過去試試吧！」

羅伯特說。

「護身符我們怎麼得到的也許博物館的人可以告訴我們。」安西雅突然來了希望。房間裡空無一人，可是在隔壁一個陳列室裡——亞述的文物還好端端陳列在那裡——他們看見一個模樣很和氣的大胖子，穿一件寬鬆的藍袍子，腿上穿著長襪。

「啊，他們換了新制服啦，真漂亮！」珍說。

孩子們問了大胖子，大胖子用手指指玻璃櫃上的一個標簽。標簽上寫著：「原收藏者——」下面是一個名字，而這恰恰就是學者的名字，他們從前無論背後還是當面都叫他吉米。

「這沒有什麼用，」西里爾說，「謝謝你。」

「你們怎麼不上學呀？」大胖子問。「不會被學校開除了吧？」

「我們根本沒有被開除。」西里爾挺客氣地回答。

「哎，我要是你們，下次就決不再犯了！」大胖子說，聽他的口氣，他們知道他不相信他們。同不相信你的人來往是再差勁不過了。

「謝謝你給我們看了標簽。」西里爾說罷，他們就離開了。

他們從博物館大門出來的時候，被突如其來的陽光和藍天怔住了。博物館對面的房屋沒了。代替房屋的是一個大花園，花園裡有樹木、花卉和綠油油的草地，沒有一塊告示叫你不准踐踏草地、不准攀折樹木和花草。到處都是舒適的長椅，涼亭上攀滿玫瑰花，走道長長的格子棚架上也攀滿玫瑰花。噴泉飛濺出來的水落在白大理石的水池裡，潔白的塑像在樹葉的掩映下閃閃發光，鴿子在枝間飛來飛去，或者在鬆軟的沙礫裡啄食，這些鴿子不像今天博物館的鴿子那樣黑不溜丟、邋里邋遢，而是潔白光亮，像新的銀子做的。許多人坐在長椅上，嬰孩們在草地上翻滾嬉戲——身上穿得很少。男人和女人一樣在照管孩子，和他們一起玩耍。

「這眞像一幅美麗的圖畫！」安西雅說，而這確實是的。因爲人們衣服的色彩柔和艷麗，剪裁美觀大方。男男女女都不戴帽子，不過有不少人戴著日式本的太陽眼鏡。樹中間懸掛著彩色玻璃燈。

「我想他們晚上會把燈點亮的，」珍說，「我們要是生活在未來就好了！」

四個孩子沿著大路走去，當他們走的時候，長椅上坐著的人非常好奇地望著他們，不過態度粗野，很親切。四個孩子也向他們看——我希望他們不是睜大眼睛死死地看——看這些穿著漂亮衣服的人的臉。這些臉是值得看的。並不是說它們都長得非常漂亮，儘管就漂亮這一點來說，他們超過孩子們以前看見過的任何一幫人。這些臉值得看是在於它們的表情。孩子們起先說不出這是一種什麼樣的表情。

「我知道了，」安西雅突然說，「他們無憂無慮，就是這個。」

果然是的。人人都顯得安詳自在，沒有人看上去急匆匆，沒有人看上去焦慮或煩躁，雖然有個人好像有點悲傷，但沒有一個人顯得憂心忡忡。

可是，儘管人們看上去都很親切，但是由於每個人都有點不好意思了些，所以他們就離開了大路，拐進一條小路，這條小路在樹木和長滿青苔的淙淙泉水中彎彎曲曲地通過去。

就是在這兒，在高大的柏樹中間一個濃蔭覆蓋的、深深的裂口裡，他們發現了那個被學校開除的小男孩。他正撲躺在草皮上，肩膀一抽一抽，這種特殊的抽法是他們相互間不止一次看到過的。所以啊，安西雅就跪在他旁邊說：

「什麼事啊？」

「我被學校開除了！」小男孩嗚咽著說。

這可不得了！學生犯了小小的過失是不會被開除了。

「把你犯的錯誤告訴我們好嗎？」

「我——我撕碎一張紙，把紙屑扔在操場上。」

小男孩說，語氣像是一個人在供認一件十惡不赦的罪過。「現在你們知道了，就不會再跟我說話了。」他頭也不抬地加上一句。

「就爲了這個嗎？」安西雅疑惑地問。

「這就足夠了，」小男孩說，「我被開除整整一天！」

「我還是不明白。」安西雅柔聲說。男孩抬起臉看了看她，一骨碌翻身起來：

「嗳，你們是什麼人？」

「我們是從一個遙遠國家來的陌生人，」安西雅說，「在我們國家裡，扔廢紙並沒什麼了不起，是不當一回事的。」

「在我們這裡可不得了的，」小男孩說，「大人做了要罰款，小孩做了就被停學一天。」

「可這不等於放一天假嗎？」羅伯特說。

「你們一定是從老遠地方來的，才不了解情況，」小男孩說，「所有的人都在一起開開心心地玩，這才叫放假。可是在你被開除的日子裡，誰都不跟你說話。誰都知道你不上學一定是被開除了。」

「要是你生病呢？」

「幾乎沒有人生病。要是生病，會給你佩帶一個標記，人人都待你好。我有一個同學被開除一天，他把他姐姐生病的標記偷來給自己戴上。因爲這樣，他被開除了一個星期。一星期不上學可眞慘了！」

「那你喜歡上學嗎？」羅伯特將信將疑地問。

「當然喜歡嘍！學校是天底下最好的地方。今年我選擇鐵路做專修課，有那麼多精妙的模型，但現在我因爲扔廢紙，功課要落後了。」

「學科是你自己選的嗎？」西里爾感到納悶。

「當然是自己選的囉！你是從哪兒來的？怎麼啥都不知道？」

「不知道，」珍機智地說，「所以你最好告訴我們。」

「好吧。在施洗約翰節❽，學校不上課，什麼都用花裝飾起來，每個人選擇明年的專修課。當然，這門專修課你至少得堅持一年。另外當然還有許多課程，比方閱讀課、繪畫課、公民課、等等。」

「天哪！」安西雅叫了一聲。

「聽著，」博物館跳起身來說，「都快四點了。開始只到四點鐘爲止。跟我回家去，媽媽會把所有一切都告訴你們的。」

「你媽媽喜歡你把陌生孩子帶回家嗎？」安西雅問。

「我不知道，」男孩整了整蜜色罩衣上的皮帶，用兩隻光著的小腿跨出步子。「走吧！」於是他們就走了。

街道是寬闊堅硬的，十分乾淨。街上沒有馬，只有一種沒有噪聲的摩托車。泰晤士河在綠色的堤岸間緩緩流著，河邊有樹，人們坐在樹下釣魚，因爲水像水晶一樣清澈。到處都是綠樹，沒有煙塵。房屋彷彿坐落在一個綠色的花園裡。

小男孩把他們帶到一所屋前，窗下有一張標緻的女人的臉。小男孩奔進屋去，他們透過窗子

---

❽ 施洗約翰節：6月24日，英國四大節日之一。

能看見他抱住他的媽媽，嘴唇急切地動著，手很快地比劃著。

一個穿淡綠衣服的女人走出來，和藹地跟他們講話，把他們引進一所他們從來未見過的最最古怪的屋子。屋子裡空蕩蕩的，沒有任何裝飾，可是每一樣東西，從放著一排排光亮的瓷器的五斗櫥直到地板上厚厚的東方式地毯，每樣東西都非常美麗。我無法描寫那所屋子；我沒有時間。而且，當我想到它和我們現在住的房子截然不同，也沒有情緒來描寫。女人帶他們裡裡外外都看了。最奇怪的要算是中央的一個大房間。房間裡牆壁是包著軟墊的，鋪著厚厚軟軟的地毯，所有的椅子和桌子也都是包著軟墊的。房間沒有一樣東西會碰痛人。

「這個房間是做什麼用的？關瘋人嗎？」西里爾問。

夫人好像萬分吃驚，她說：

「哪裡！這是給孩子們用的。難道你們國家裡沒有兒童室嗎？」

「我們有托兒所，」安西雅說，「不過和其他房間一樣，家具都有硬角。」

「眞嚇人！」夫人說，「你們的國家一定非常落後！嘿，兒童占全人口的一半多，給他們一個房間，讓他們在裡面玩，不碰痛自己，這算不了什麼。」

「可是這兒沒有火爐。」安西雅說。

「我們有暖氣，」夫人說，「托兒所怎麼可以有火爐呢？孩子會燒傷的。」

「在我們國家裡，」羅伯特冷不防說，「每年有三千多個兒童被活活燒死。這是我有一次在

把他們引進一所他們從未見過的最最古怪的屋子

玩火的時候，爸爸告訴我的。」他最後一句話好像是在爲這個信息道歉。

夫人的臉「刷」地一下白了。她說：

「你們生活的地方，眞是太可怕了！」

「家具幹嗎都包軟墊？」安西雅迅速換了個話題。

「嘿，你不能讓兩、三歲的娃娃在家具有尖角硬角的房間裡跑來跑去！他們會被弄痛的。」

羅伯特摸摸自己腦門上的傷痕，這是他小時候在托兒所火爐圍欄上留下的。

「不過是不是所有人，貧富

一律，都有這樣的房間呢？」安西雅問。

「當然，凡是有孩子的地方就都有這樣一個房間，」夫人說。「你眞笨！——不，我不是說笨，親愛的。當然囉，你們在古代史上還是挺不錯的。可是我認爲你們還沒有盡到公民守則的責任。」

「可是，」安西雅還是不肯罷休，「乞丐、流浪漢和其他無家可歸的人又怎樣呢？」

「無家可歸的人？」夫人重複了一遍，「我眞不明白你在說些什麼。」

「我們國家的情況完全不一樣，」西里爾小心翼翼地說。「我在書上看到，倫敦一向是不一樣的。人們不是因爲沒有家，因爲肚子餓而討飯嗎？倫敦不是有個時候曾經十分污穢骯髒嗎？泰晤士河不是泥濘不堪嗎？狹窄的街道——」

「你看的一定是非常老式的書，」夫人說。「所有這一切都是在黑暗時代啊！關於這個，我丈夫可以比我講得更多。他把古代史作爲他的專修課。」

「我沒有看見什麼工人喲！」安西雅覺得奇怪。

「嘿，我們都是工人，」夫人說，「至少我丈夫是個木匠。」

「天哪！」安西雅說，「可是，你是位夫人啊！」

「啊，」夫人說，「舊世界眞古怪！我丈夫會喜歡和你們談話的。在黑暗時代，人人家裡都有一個冒煙的煙囪，骯髒的馬在街上亂跑，各種各樣垃圾都往泰晤士河裡倒。當然，人民的苦難是難以想像的。你們文化水平高，這一切都知道。古代史是你們的專修課嗎？」

「不是，」西里爾有點不安地說。「公民守則內容是什麼？」

「你眞的不知道？你不是故意跟我開玩笑吧？不是？好，公民守則教你怎樣做一個好公民，應該做什麼，不應該做什麼，這樣你就能充分履行你的責任，使你的城鎭成爲人民居住的美麗和幸福的地方。它們教兒童一些十分簡單的道理。開頭一般是這樣的……

我不可偷東西，我必須記住，
不是勞動掙得的不屬於我。
努力工作，玩得開心，
使萬物一天比一天美麗。
待人要和氣，
缺德事就切莫做。
要勇敢，要堅強，
弄痛了決不哭，
永遠要笑嘻嘻。
要慶幸我將長大成人，
勞動過活，幫助他人，

能做得最好的決不馬虎。」

「這挺通俗易懂，」珍說，「我能記住。」

「這當然僅僅是個開頭，」夫人說，「另外還有好幾段。有一段是這樣的：

我決不把紙屑食物

亂扔在美麗的街道上。

我決不採摘公地的花，

它們不是我的而是我們大家的。

說起『食物』倒使我想起來了——你們肚子餓嗎？威爾斯，快去拿點好吃的來。」

「你幹嗎管他叫『威爾斯』❾？」男孩跳跳蹦蹦地走後，羅伯特好奇地問。

「那是一個偉大改革家的名字——你一定知道這個人吧？他生活在黑暗時代，他認為你應該做的事情是弄清你需要的是什麼，然後盡力去爭取。直到那時為止，人們總是得過且過。他思考

---

❾ H·G·威爾斯（一八六六——一九四六）是英國著名科幻作家、記者、社會學家和歷史學家。

的東西，我們大多已經有了。再說，『威爾斯』意味著清澈的泉水❿。這是個好名字呢？」

這時，威爾斯捧了一盆草莓、蛋糕和汽水進來，大家都痛痛快快地吃喝起來。

「威爾斯，」等大家吃飽喝足之後，夫人又叫了一聲，「快去，要不時間晚了，就接不到爸爸了。」

威爾斯吻了她，向大家揮揮手，就走了。

「聽著，」安西雅突然說，「你願意到我們的國家去看看嗎？一會兒就到了。」

夫人哈哈大笑起來，但是珍舉起護身符，又念了咒語。

「多精彩的魔術！」夫人叫道，被逐漸變大的美麗的拱門迷住了。

「進去呀！」安西雅說。

夫人笑著進了拱門。可是，當她突然發現自己置身在費茨羅伊街的餐廳裡，就再也笑不出來了。「啊，多可怕的戲法！」她叫道。「多黑暗、醜陋、討厭的地方！」

她奔到窗前，向窗外望著。天空是陰沉沉的，街道是霧濛濛的，一個憂鬱的街頭手搖風琴師站在門對面，一個叫化子和一個賣火柴的在污黑的人行道上吵架。街上人們來去匆匆，急著趕回他們自己家裡去。

---

❿ 威爾斯（Wells）英語作「泉水」解。

「啊，瞧他們的臉，他們可怕的臉！」夫人叫道。「他們怎麼啦？」

「他們是窮人，就這樣！」羅伯特說。

「不止是這樣！他們有病，他們不快樂，他們刻薄！啊，慢著，那兒有可愛的孩子。非常非常聰明。我想是某幻燈把戲，就像我在書上看到過的。可是慢著，他們那可憐、疲勞、悲慘、刻薄的臉！」

淚水在她的眼眶裡打轉。安西雅向珍做了個手勢。珍念了咒語，護身符又變成了拱門，她們把夫人推進了拱門，回到她自己的時代和地點，在那兒，倫敦是清潔和美麗的，泰晤士河清澈地流著，樹木青翠欲滴，任何人都不害怕、焦慮或匆忙。

一陣靜默，於是——

「我很高興去過那裡了。」安西雅深深地舒了口氣說。

「我今生今世再也不扔紙屑了。」羅伯特說。

「媽媽一直叫我們不要亂扔紙屑的。」珍說。

「我眞想把公民守則作爲專修課程，」西里爾說。「不知爸爸是不是同意。等他回來我要問問他。」

「要是我們找到了護身符，爸爸這會兒已經回來了，」安西雅說，「媽媽和小弟弟也已經回來了。」

「我們再到未來去吧，」珍興高彩烈地建議。「要是時間離開現在不太遠，我們或許記得住。」

於是，他們就又去了。這回他們說，「去護身符所在的未來，時間不要離開現在太遠。」

他們從那個熟悉的拱門走進一個有三扇窗的明亮的大房間。面對他們的是那個熟悉的木乃伊。窗下的一張桌子前坐著學者。他們一眼就認出了他，儘管他頭髮已經雪白。他的臉是那種不隨著年齡改變的臉。他手裡拿著護身符——完整無缺的護身符。

他以他們看慣了的方式用另一隻手擦著腦門，嘴裡說：

「夢！夢！老人淨做夢！」

「你以前一直和我們一起做夢，」羅伯特說，「記得嗎？」

「記得。」他說。房間裡的書比費茨羅伊街房間裡的書多得多，稀奇古怪的亞述和埃及文物更是不計其數。「我生平做過的最最奇怪的夢裡就有你們。」

「你手裡的東西是哪裡來的？」西里爾問。

「你要是不是在做夢，」他笑咪咪地回答，「就會記得這是你們送給我的。」

「可是，我們是從哪兒把它弄來的呢？」西里爾急切地問。

「啊，這一點你們始終不肯告訴我，」學者說，「你們這些可愛的孩子總是神秘兮兮的。你們跟從前不大一樣了！我要是能更經常地夢見你們就好了。現在你們長大了，跟以前不一樣

他們一眼就認出了他

了。」

「長大了？」安西雅感到意外。

學者指著一個鏡框，裡面有四張照片：

「這就是你們。」

孩子們看見四張成年人的照片——兩位女士、兩位先生。

「我們長大了都是那個模樣嗎？」珍看著照片厭惡地說。「簡直太可怕了！」

「我想，要是我們是逐漸變成那個模樣的，就不會覺得可怕了，」安西雅篤定地回答。「要知道，你在變的時候對自己是看慣了的。就因爲來得太突然，才會覺得可怕。」

學者依依不捨地看著他們，慈愛地說：「讓我再做一會兒夢，別讓我醒。」

稍停片刻，西里爾突然問：

「你記得那個護身符我們是什麼時候送給你的嗎？」

「你要是不在做夢就會記得，那是在一九〇五年12月3日。我永遠忘不了那一天。」

「謝謝，」西里爾熱切地說，「啊，非常感謝你。」

「你有了一個新房間，」安西雅向窗外望著，「多美麗的花園！」

「是的，」學者說，「我太老了，甚至離博物館近都不在乎了。這是個美麗的地方。你們知道嗎——我簡直不敢相信是在做夢，你們完全像眞的一樣。你們知道嗎——」他壓低聲音，「我可以對你們說，這不是做夢，不過，要是我對任何人說，他們肯定會說我神經不正常；你們給我的那塊護身符有一種——一種非常奇怪的魔力。」

「就是嘛！」羅伯特說。

「啊，我不是指你們關於從哪兒弄來護身符的孩子氣的故弄玄虛。我指的是護身符本身。第一，自從你們給我看了那半塊護身符以後，我做了不知多少稀奇古怪的夢！我關於亞特蘭提斯的著作使我名利雙收。而這全部是我從夢中獲得的啓發！還有《羅馬人入侵時代的英國》這不過是個小冊子，可是它闡述了許多人們不了解的事情。」

「是的，」安西雅說，「這是肯定的。」

「這不過是開頭。後來你們把整塊護身符送給了我——啊，你們眞慷慨！——我好像都不必研究理論了，古埃及文明我好像一下子全懂了。他們推翻不了我的理論，」——他搓搓兩隻皮包骨的手，得意地笑笑——「他們想推翻我的理論，可是推翻不了。他們管它們叫理論，其實對我來說，它們更像是記憶。我知道我對阿蒙神殿的秘密儀式的看法是正確的。」

「我很高興，你現在有錢了，」安西雅說，「要知道，你住在費茨羅伊街的時候是沒有什麼錢的。」

「我那時候的確沒有錢，」學者說，「可是現在有了。我有這所美麗的房子，這個美麗的花園——我常常在花園裡挖挖土、鬆鬆泥；記得嗎，你們從前老叫我多做些運動？我認爲這一切都應該歸功於你們——歸功於那個護身符。」

「我眞高興。」安西雅說著，抱住學者吻了一下。學者嚇了一跳。

「我可不像在做夢啊！」他說，聲音也發抖了。

「這不是一般的夢，」安西雅說，「這是護身符的一部分威力——這是一個非常特別的、眞正的夢，親愛的吉米。」

「啊，」學者說，「你叫我吉米，我就知道我在做夢了。我的小妹妹——我常常夢見她。不過那個夢沒有這個夢眞實。記得那天我夢見你們把巴比倫戒指交給我嗎？」

「我們都記得的，」羅伯特說。「你離開費茨羅伊街是不是因爲你太富有了，不能再在那兒住下去？」

「啊，不是的！」學者責備地說。「要知道，我決不會做這樣忘本的事。我離開是因爲你們的老保姆死了——就這樣！」

「老保姆死了？」安西雅說。「啊，不是的！」

「是的，是的，人總是要死的。她已經死了很久了。」

珍用顫抖的手把護身符向上舉起。「回去！」她叫道，「快回去！她也許在我們到那兒以前已經死了，這樣我們就不能把禮物送給她了。啊，快點回去！」

「啊，別讓夢現在就結束！」學者懇求。

「一定得結束。」安西雅堅決地說，又吻了他一下。

「人命關天，非走不可！」羅伯特說。「你現在有錢有名又幸福，我很高興。」

「快點呀！」珍痛苦地頓著腳催促。

於是，他們就走了。他們剛回到費茨羅伊街，老保姆馬上就把茶端上來了。老保姆一進來，兩個女孩立刻向她飛奔過去，差點把她連人帶茶盤一齊撞倒了。

「別死！」珍叫道。

「啊，請你別死！」安西雅叫道。「最最親愛的老保姆，你千萬別死！」

「老天喲，」老保姆叫起來，「我暫時還不打算死呢！這些小鬼到底怎麼啦？」

「沒什麼。就是請你別死！」

老保姆放下茶盤，和兩個女孩擁抱了一下。兩個男孩以發自內心的感情爲她捶背。

「我身子骨比任何時候都棒，」老保姆說。「什麼死不死的盡胡說八道！你們在暗頭裡坐得太久了，就是這個緣故。放開我，讓我點煤氣燈。」

昏黃的煤氣燈光照亮了四張蒼白的臉。

「我們眞的非常愛妳，」安西雅說，「我們畫了一張畫，表示我們是多麼愛妳。把它拿出來，小松鼠。」紀念品被從沙發底下拉出來展示了。

「膠水還沒有乾，」西里爾說，「小心點！」

「多漂亮啊！」老保姆吃驚道：「眞沒想到！你們畫得好，字也寫得好。我一直說，你們儘管丟三拉四，心還是好的。眞沒想到！我活了一世，從沒有像今天這樣高興過。」

她和四個孩子挨個兒擁抱，兩個男孩平時最討厭擁抱，今天不知怎的倒是滿不在乎。

＊

「現在我們怎麼會把未來的事兒都記得清清楚楚？」安西雅好不容易把沙米亞德叫醒向它提問題。「我們在未來看見的事情都記得住，可是當我們在未來的時候，當時——就是找到護身符的時候——發生的事卻怎麼一點也記不住？」

「這個問題太笨了！」沙米亞德說，「還沒有發生的事怎麼記得住呢？」

「可未來的事還沒有發生，我們卻把它記得牢牢的。」安西雅堅持。

「唉，那不是發生的事，我的好孩子，」沙米亞德有點惱火了，「那是預言性的想像。你做的夢不是記得嗎？想像爲什麼記不得呢？你們好像連最簡單的道理也不懂。」

沙米亞德說罷，又鑽進沙裡睡覺了。

安西雅穿了睡衣下樓去再最後吻一次老保姆，最後看一眼那用繩子掛著的美麗的紀念品，現在膠水已經乾了，在廚房牆上掛著，好不威風。

「晚安，上帝保佑你們充滿愛意的心，」老保姆說，「可千萬別著涼啊！」

13 馬口鐵島上的沈船

「藍加點紅就變成紫。」珍細聲細氣地說。

「不對，」西里爾說，「應該是胭脂紅和深藍。要是把朱紅和靛藍攪和在一起，就會變成最難看的石板色了。」

「我以為顏料裡就數深褐色最難看。」珍把畫筆放在嘴裡舔著。

四個孩子都在畫畫。老保姆對羅伯特畫的罌粟花環深為感激，一時衝動，送給四個孩子每人一先令一匣的顏料，外加一疊過期的《插圖倫敦新聞》。

「深褐色是用烏賊做的。」西里爾用教訓開導的口氣說。

「紫色可以用紅色和藍色來合成，也可以用一種魚來做，」羅伯特說，「我知道推羅紫❶就是的。」

「是用龍蝦嗎？」珍做夢似地說著。「龍蝦煮熟是紅的，不煮熟是青的。把活龍蝦和死龍

---

❶ 推羅紫：一種紅紫色的顏料。推羅是古代腓尼基的一個著名港口，現屬黎巴嫩。

蝦攪和起來，就變成推羅紫了。」

「我才不用活龍蝦拌顏料呢！」安西雅聽了心裡直發毛。

「其他紅和青兩種顏色的魚沒了，」珍說，「你不用也得用。」

「那我寧可不要紫色。」安西雅說。

「用魚做的推羅紫不是那種顏色，」羅伯特說，「它實際上是鮮紅色，羅馬皇帝穿的制服就是這種顏色。魚身上的顏色也並不好看。它是一種米色的粘液。」

「你怎麼知道的？」西里爾問。

「讀到的。」羅伯特說，因爲學識過人而暗暗得意。

「哪兒讀到的？」西里爾問。

「印刷的。」羅伯特更加不可一世了。

「你以爲凡是印刷出來的就都可靠嗎？」西里爾說，有點惱火了。「不是的。這是爸爸說的。印刷出來的有不少是謊言，尤其是在報上。」

「嘿，」羅伯特眞的也有點火了。「我偏偏不是報上看來的，我是書上看來的。」

「鋅白❷眞甜！」珍說，又做夢似地舔起畫筆來了。

---

❷ 鋅白：一種白色顏料。

「我不信。」西里爾對羅伯特說。

「不信你自己舔舔看。」羅伯特說。

「我不是說鋅白，我是說米色魚變成紫色——」

「啊！」安西雅很快地跳起身說，「我畫膩了，我們借助護身符到哪兒去玩玩吧。讓護身符自己挑個地方。」

西里爾和羅伯特以爲這個主意不錯。珍同意不畫了，因爲，照她說，鋅白雖然甜，但是吃多了喉嚨口怪不舒服的。

護身符被舉了起來。

「帶我們到一個地方去，」珍說，「古代從前的任何一個地方都行，不過你一定要在那個地方。」說罷，她就念了咒語。

眨眼功夫，大家都感到一陣奇怪的搖晃——就像你乘了捕魚船出海去捕魚時的感覺。其實這並沒有什麼奇怪，因爲他們的確是在一條船上。這是一條很古怪的船，高高的船牆上打了許多洞，好讓槳從洞裡穿過。船高處有一張舵手坐的椅子，船首的狀像一隻巨獸的頭，瞪著兩隻大眼睛。船停泊在海灣裡，水面一平如鏡。水手一個個都是精瘦結實、黑頭髮、黑鬍鬚。他們光著膀子，只從腰部到膝部束一條圍裙，頭上戴著圓帽子，帽頂有一個圓球。他們非常忙碌，孩子們對他們的操作十分感興趣，開頭甚至不想知道護身符把他們帶到了什麼地方。

水手們也好像實在太忙了，沒有發現孩子們。他們正在忙著把一些草簍繫在一根長繩上，長繩的末端有一大塊軟木。他們在每只簍裡放進一些蛤貝或小青蛙，然後把繩子遠遠地扔出去，簍子沉入水裡，但是軟木浮在水面。藍色的海上到處是船，所有船上所有的水手都在忙忙碌碌地撥弄繩子、簍子、青蛙和蛤貝。

「你們在做什麼呀？」珍突然問一個人，這個人身上衣服穿得比別人多，像是個船長或監工。那人吃了一驚，睜大眼睛向她望著，但是他到過許多陌生國家，見多識廣，對這些衣著古怪的偷渡者不會感到太奇怪。

「撒繩捕甲殼動物做染料，」他回答。「你們怎麼到這兒來的？」

「一種魔法！」羅伯特漫不經心地回答。船長摸摸自己脖子上掛著的護身符。

「這是什麼地方？」西里爾問。

「當然是推羅囉！」船長說著，倒退一步，低聲對一個水手不知說了些什麼。

「這下我們可以領教你們的寶貝魚兒了。」西里爾說。

「可是我們沒有說過要到推羅來啊。」珍急了。

「八成是護身符聽見我們談話了。我想它倒是挺熱心的！」安西雅說。

「護身符也在這兒，」羅伯特說。「我們應該能夠在像這樣的小船上找到它，就是不知道哪條船。」

「可是我們沒有說過要到推羅來啊！」珍急了

「啊，看啊，看啊！」安西雅突然叫起來。一個水手赤裸的胸膛上一樣紅色的東西在閃光。它和他們那寶貴的半塊護身符一模一樣。

大家激動得說不出話來，最後還是珍打破了沉默：

「總算找到了！快拿了它回去吧！」

「『拿了它』說說容易，」西里爾說，「他看樣子挺強壯呢！」

他的確很強壯，不過沒有其他水手來得強壯。

「眞奇怪，」安西雅若有所思地說，「那個人我以前在什麼地方見過。」

「他有點像我們的學者先生，」羅伯特說，「不過我可以告訴你們他更像誰——」

就在這個節骨眼上，那水手把頭抬起來了。他的目光和羅伯特的目光接觸了——羅伯特和別的孩子不再懷疑他們以前在哪兒見過他了。原來他就是雷克．馬拉——把他們帶到法老王宮的神父，珍從拱門裡回過頭去看的正就是他，當時他正在同法老的衛兵商量拿了珠寶遠走高飛。

大家都不太高興，大家都不知道爲什麼不高興。

珍從斗篷褶裡撫摸著護身符，說出了所有人的心裡話：「要是情況不妙的話，我們馬上可以回去。」

暫時還沒有什麼不妙，船長請他們吃東西——無花果和黃瓜——氣氛十分愉快。

船長說：「我看出你們是從一個遙遠的國家來的。既然你們來到我船上，給我面子，你們一定要在這兒過夜，明天早上我帶你們去見一位大人物，他喜歡從老遠地方來的外國人。」

「我們回去吧，」珍小聲說，「所有的青蛙都淹死了。我覺得這兒的人挺殘忍。」

但是男孩們想要留下，看明天早上水手們把捕甲殼動物的線收上來。

「這就像捕鰻魚和拔龍蝦的籠子，光從外面開了個口，」西里爾說，「我贊成留下。」

於是他們就留下了。

「那裡也是推羅。」船長說，他顯然竭力想表現得斯文。他指著一個從海中陡然伸起的岩石島，島頂上是巨大的城牆和塔樓。島上另外還有座城市。

「那也是推羅的一部分，」船長說，「一些富商在那兒有娛樂廳，還有花園和農場。」

「看啊，看啊！」西里爾突然叫起來。「一條多可愛的小船啊！」

一條船正張著滿帆飛速地從捕魚船隊中穿過。船長的臉色變了。他皺起眉頭，兩眼露出凶光。

「傲慢的小野蠻人！」他怒氣沖沖地叫道。「你管推羅的船叫小船？海裡航行的船沒有比這個更大的了。那條船出航已經三年，從這兒一直到馬口鐵島，所有大通商口岸都知道。它正在光榮地滿載而歸。它的錨是銀的。」

「請原諒，」安西雅急忙聲明。「在我們國家裡，我們的『小』是一種愛稱。比方說，你的妻子可以管你叫她的親愛的『小』男人。」

「她這樣叫我，我要她好看。」船長咕嚕道，但不再發怒了。

「這項買賣很合算，」船長繼續說。「我們給野蠻國家的國王一次深染的布、次好的玻璃器皿，還有我們的年輕藝術家雕刻的半成品，他就讓我們開發銀礦。我們在那兒獲得的銀子多得不得了，我們把鐵錨丟在那裡，帶了銀錨回來。」

「眞棒！」羅伯特說。「請再說下去。一次浸染是什麼意思？」

「你們一定是從外面黑暗世界來的野蠻人，連一次浸染也不知道，」船長輕蔑地說。「所有富有的國家都知道我們最好的料子是兩次染色的，它們只用來做國王、神父和王爺的長袍。」

「富商在娛樂廳裡穿什麼呢？」珍饒有興趣地問。

「穿兩次染色的布料嘛。我們的商人就是王爺。」船長怒氣沖沖地說。

「啊，別發火，我們非常喜歡聽你說。我們很想知道染色的全部過程。」安西雅熱烈地說。

「噢，你們想要知道嗎？」船長咕噥道。「你們是爲了這個來的嗎？你們休想從我這裡探聽到染色行業的秘密。」

他揚長走了，大家都覺得受到冷落，心裡很不舒服。在這些時間裡，埃及神父的一雙細長的眼睛一直盯著。當他們躺在一堆披風上睡覺時，還感到他從黑暗裡盯著他們。

第二天早晨，簍子被從海裡拉了起來，裡面滿是油螺船的東西。

孩子們有點礙手礙腳，但他們盡力使自己不礙事。當船長在船的另一頭的時候，他們趁著空閒時向一個水手提了個問題，這水手的臉比別人稍爲和善些。

「是的，」水手回答，「這是染料魚。這是骨螺的一種——另一種在西頓❸捕捉——當然還有一種是用來兩次染色的。不過那完全不同。那是——」

「閉嘴！」船長大聲叫道。水手就把嘴閉上了。

滿載的船繞著島的盡頭緩緩划行，在一長排防波堤裡面的一個港口繫牢。港口裡停滿各式各樣的船，所以西里爾和羅伯特要比他們的兩個妹妹快活得多。防波堤和碼頭上堆滿了一色色、一簍簍的貨物，擠滿了奴隸和水手。稍遠一點地方，有幾個人在潛水。

「眞精彩！」羅伯特眼看一個赤裸的棕色的身體投入了水中！不由地叫了起來。

「那當然囉，」船長得意地說。「波斯的潛水採珠人功夫也比不上他們到家。我們有一個淡水泉，是從海底湧出來的。我們的潛水員潛下水去，用皮袋盛了淡水上來。你們野蠻國家的潛水員能行嗎？」

「怕是不行吧！」羅伯特說。他眞想對船長解釋英國的供水系統、水管、水龍頭以及錯綜複雜的水暖行業，但是把話咽下了肚。

當他們走近碼頭時，船長匆忙梳妝打扮一番。他梳了梳頭髮，理了理鬍子，穿上一件短袖緊

---

❸西頓：古代腓尼基的一個奴隸制城邦。

「眞精彩！」羅伯特眼看一個赤裸的棕色的身體投入了水中！

身衫似的衣服，束了一根繡花腰帶，戴了一根珠子項鏈和一枚老大的圖章戒指。這以後，他說：

「我打扮好可以見人了。可以去了嗎？」

「去哪兒？」珍小心翼翼地問。

「去大海的駕馭者費業斯那兒，」船長說：「就是我對你們說過的那個喜歡野蠻人的人。」

於是乎，雷克・馬拉走上前來，第一次開腔了：

「我在別的國家見過這些孩子。你們知道我魔法的厲害。就是我的魔法把這些野蠻人帶到了你們船上。你知道他們會給你帶來多大好處。我能識透你的心思。讓我跟你一起去，把他們解決掉，然後我會念我答應給你念的咒語，來報答你好心讓我待在你船上的那番小小的經歷。」

船長有點不贊成地看看埃及人，說：

「原來是你幹的好事。我應該料到的。好，來吧。」

於是，他就來了，女孩們希望他沒來。不過，羅伯特小聲說：

「別怕——只要他跟我們在一起，我們就有機會把護身符弄到手。要是情況不妙，我們隨時可以拔腳溜。」

早晨空氣清新，陽光明媚，他們的早飯非常豐盛，與眾不同，他們甚至看到護身符掛在埃及人的脖子上。這些事中的一、兩件，或許是所有這些事，使孩子們心情突然好了。他們快樂地穿過城門——城門不是拱形的，而是用一大塊石板鋪屋頂——快樂地穿過街道，街道上觸鼻皆是魚和大蒜還有其他千百種甚至更難聞的氣味。可是染廠的氣味要比街上的氣味更糟得多，船長進廠去把他隔夜捕到的魚賣掉。我但願能把染廠的情形詳詳細細形容給你聽，可惜我沒有時間，也可能你對染廠根本不感興趣。我只說一句：羅伯特的看法證明是對的：染料是一種米色的粘液，它的大蒜味兒比大蒜本身還要強烈。

當船長和染廠老師談價錢的時候，埃及人突然走到孩子們跟前，輕輕地說：

「你們要信任我。」

「我們但願能信任你。」安西雅說。

「你們以爲我想要你們的護身符，所以對我不信任。」埃及人說。

「不錯。」西里爾直截了當地回答。

「可是，你們也想要我的護身符，我卻信任你們。」

「你說得有道理。」羅伯特說。

「我們雙方各有半塊護身符，」埃及神父說，「但是那枚把它們連起來的針卻沒有。我們唯一獲得那枚針的機會是待在一起。兩個半塊護身符只要一分開，也許就永遠不能在同一時間、同一地方找到了。要放聰明點。我們的利益是一致的。」

誰都來不及回答，船長已經回來了，染廠老板和他一起來。老板的頭髮和鬍鬚像巴比倫人一樣是鬈曲的，服裝和船長一樣，但是多了一種黃金和刺繡的豪華。老板戴著珠子項圈和銀項圈，金銀手鐲和臂釧，脖子裡還掛著一個玻璃護身符，護身符有一張和他自己十分相像的臉，嵌在兩個公牛頭中間。他目光銳利地向孩子們看了一會兒，然後說：

「我兄弟費業斯剛遠航回來。他只要不到沼澤地裡去打野豬，就總是待在他的花園別墅裡。他在岸上覺得乏味透了。」

「啊，」船長說，「他是個地道的腓尼基人。就像一支老歌唱的：『推羅，永遠的推羅！啊，推羅統治大海！』我這就去，讓他瞧他們腳上穿的。眞是醜死了！」

羅伯特不由地想到，抓住染廠老板的兩隻腳，讓他仰面跌進他的旁邊的那個大染缸是多麼容易，又是多麼快意！但如果他這樣做了，下一步就非逃走不可，所以他克制了自己的這種衝動。

這番推羅冒險經歷和所有其他冒險經歷有點不一樣。它不知怎的比較平靜。有一個不容置疑的事實：護身符就掛在埃及神父脖子上。

所以啊，他們盡情享受了一切：划船從島城到海岸，騎了船長在城門口租的驢子兜風，還有生氣勃勃的鄉下——到處都是棕櫚樹、無花果樹和松樹。這就像一個大花園——鐵線蓮忍冬和茉莉攀附在橄欖樹和桑樹上，還有鬱金香和唐菖蒲，還有一簇簇的曼德拉草，它有鈴狀的花，彷彿是深藍色的寶石剪的。遠處是黎巴嫩的群山。

他們最後來到的屋子有點像平房——長而低矮，屋前是一排柱子，屋旁種著雪松和無花果樹，給屋子遮蔭乘涼。

大家都下了坐騎，驢子被牽走了。

「這兒怎麼有點像羅舍維爾？」羅伯特小聲問，馬上又自己回答：「因爲這個地方可以讓人快樂地消磨一天。」

「船長眞夠意思，帶我們到這樣一個好地方。」西里爾說。

「你們知道，」安西雅說，「這兒比我們過去看到的一切都來得眞實。這就像國內人在鄉下休假。」

孩子們單獨置身在一個大廳裡。地板是馬賽克的，上面有美麗的船、海獸和魚的圖案。從一個開著的門裡，他們看見一個鮮花盛開的庭院。

「我眞想在這兒待上一個星期，」珍說，「每天騎驢子兜風。」

每個人都感到非常快樂。甚至埃及人看上去也比平常順眼。突然間，船長滿面春風地回來了。屋主人和他一同來。主人朝孩子們看看，點了兩下頭，對船長說：

「好，我的手下會把錢給你的。不過那個埃及畜生我可不願出那麼高的價。」

兩個人邊說邊走了。

「這下可糟了！」埃及人說。

「什麼？」四個孩子異口同聲地問。

「大事不好，」埃及人說。「我們這位吃航海飯的朋友把我們統統當奴隸賣了！」

一陣緊張以後，四個孩子匆匆開了個會，埃及神父也獲准參加。他的意見是「留下」，因爲他們處境並無危險，而完整的護身符一定就在附近什麼地方，否則他們絕對不可能到這個地方來的。孩子們經過商量以後，接受了這個意見。

四個孩子與其說是奴隸，倒不如是說被當作客人對待，可是埃及人卻被派到廚房裡去幹活了。

當天晚上，費業斯——屋子的主人——奉國王命令又出海去了。他走了以後，他老婆發覺和四個孩子作伴很有趣，就讓他們說啊、唱啊、跳舞啊，直到深更半夜。「使我分心，減輕我的顧慮。」她說。

一些柔軟的大坐墊被當做睡覺的床，他們在床上蜷作一團。珍說：「做奴隸倒眞不錯。」

漆黑的夜裡，一隻手輕輕地摸每一張臉，把四個孩子都弄醒了。一個輕微的聲音說：

「別出聲，要不然一切都完了。」

所以他們就一聲不響。

「是我，雷克．馬拉，阿縈神父，」聲音說。「那個把我們買下當奴隸的人又出海去了，他用武力搶走了我的護身符，我沒有把它奪回來的魔法。你們佩的護身符有這種魔法嗎？」

現在每個人都清醒了。

「我們可以追他，」西里爾從床上一躍而起。「不過他可能把我們的護身符也搶走，他也可能因爲我們追他而發怒。」

「這個由我來對付，」埃及人在黑暗中說。「把你們的護身符拿出來吧。」

在推羅鄉下別墅伸手不見五指的黑暗裡，護身符又一次被舉了起來，念了咒語。

大家通過拱門上了一條在風浪滔天的大海中顚簸的船。他們在船上蜷伏到天明，珍和西里爾身體感覺很不好。等天空露出魚肚色，他們盡力在翻滾的船上站穩身體。那個水手和冒險家費業斯突然轉過身看見他們，臉刷的一下白了。

「哼！」他說。「哼，眞想不到！」

「主人，」埃及人深深地鞠著躬，而鞠躬比站立更難。「我們是靠掛在你脖子上的神聖護身符的魔法來到這裡的。」

「眞想不到！」費業斯又說了一遍。「嘿，嘿！」

「船駛往哪個口岸？」西里爾一副水手派頭。

誰知費業斯反問了一句：「你是老海員嗎？」西里爾只得承認自己不是的。

「既然如此，」費業斯說，「我不妨告訴你船是駛往馬口鐵島。只有推羅人知道馬口鐵島在什麼地方。我們對全世界嚴守秘密。它對我們就像魔法對你們一樣重要。」

他說話的口氣完全變了，好像對孩子們和對護身符肅然起敬。

「是國王派你去的嗎？」珍說。

「是的，」費業斯回答，「他吩咐我同十來位勇敢的先生和全體水手開航。你們將跟我們一道去看許多奇蹟。」說罷，他欠了欠身，就走了。

「現在我們怎麼辦呢？」當他們吃著乾果和硬餅乾當早點時，羅伯特說。

「等我們到了馬口鐵島再作計較吧，」埃及神父雷克・馬拉說，「那時我們可以叫野蠻人幫忙。我們在晚上向他下手，把神聖的護身符從他那可惡的異教徒脖子上扯下來！」他咬牙切齒地補充一句。

「我們什麼時候可以到馬口鐵島呢？」珍說。

「啊，六個月，也許一年。」埃及人興高采烈地回答。

「一年？」珍叫了起來。西里爾身體仍舊很不舒服，不想吃早點，把身子縮成一團直發抖。還是羅伯特有辦法，他說：

「聽著，我們可以把一年時間縮短。珍，把護身符拿出來，說我們希望來到離馬口鐵島二十哩的地方。這樣我們就有時間使我們的計劃成熟了。」

珍照辦了——這不過是眨眼功夫——他們發現自己在一條船上，在灰濛濛的北方天空和灰濛濛的北方海洋之間。太陽正在落下去。船還是同一條船，不過已經變了，水手也變了。水手們個個都是飽經風霜，蓬頭垢面，衣服破破爛爛。當然，孩子們心裡明白，儘管他們一下子就跳過了九個月，船卻是開了九個月。費業斯顯得瘦了，他臉上布滿皺紋，神情十分焦急。

「哈！」他叫道，「護身符把你們送回來了！這九個月來，我天天都在向它禱告，現在你們總算來了！你們有魔法可以幫個忙嗎？」

「你需要什麼？」埃及人靜靜地問。

「我需要一個滔天巨浪把跟在我們後面的那條外國船淹沒。一個月前，那條外國船停在神殿旁等我們，眼下，它一直緊跟著我們，想探聽推羅的秘密——馬口鐵島的所在地。要是我晚上能夠開船，倒還可以躲過它，可是今晚沒有星星，開不了船。」

「我的魔法在這方面對你不管用。」埃及人說。

羅伯特說：「我的魔法掀不起萬丈巨浪，可是我能教你晚上沒有星星怎樣開船。」

他從口袋裡掏出一個他用五便士向同學買來的原價一先令的羅盤——幸虧沒有壞掉——另外還有一塊橡皮、一塊鯨骨和半根紅封蠟。

他教費業斯怎樣使用羅盤。費業斯對羅盤的魔力驚訝不已。

「我把它送給你，」羅伯特說，「甩它交換你脖子上掛著的護身符。」

費業斯不回答。他哈哈大笑一聲，劈手把羅盤從羅伯特手中奪下，然後大笑著走了。

「儘管開心吧，」埃及神父小聲說，「會要你好看的。」

暮色更濃了，費業斯蹲在一隻昏暗的提燈旁，靠一先令一個的羅盤開船。

誰也不知道另一條船是怎樣開的，可是，猛地裡，在漆黑的夜裡，船尾的守望員恐怖地叫了

費業斯蹲在一隻昏暗的提燈旁，靠一先令一個竹羅盤開船

起來：

「她追上我們了！」

「我們快到港口了。」費業斯說。

他沉默了一會，突然改變了航向，站起身說：

「好心的朋友和先生們，你們是奉國王命令和我們一起參加這個勇敢的冒險行動的，現在外國船已經追上我們了。要是我們上岸，他們也上岸，天知道他們會不會和我們打仗。他們會打敗我們，用關於推羅秘密島的謊言來美化他們自己落後的國家。我們能讓這種事發生嗎？」

「不能！」他旁邊的五、六人齊聲叫喊。奴隸們在下面用力划槳，聽不見他的話。

埃及人突然像頭野獸那樣向費業斯撲上去，嘴裡大叫「把護身符還給我！」同時伸手把護身符抓住。護身符的鏈子斷了，護身符落在埃及人手裡了。

奴隸們用力划槳，船劇烈搖晃，費業斯盡力站直身體，放聲大笑：

「現在不是談護身符和演戲的時候。我們曾經像男子漢一樣活著，爲了我們美妙的城市推羅的榮譽和光榮，我們將像男子漢一樣死去。推羅，永遠的推羅！推羅統治大海。我要把船直接向天龍礁撞去，我們要像勇士那樣爲我們的城市獻身。當我們再生時，跟蹤我們的膽小鬼將會做奴隸，我們的奴隸。推羅，推羅萬歲！」

熱烈的歡呼聲響起，船下面的奴隸也跟著歡呼。

「快，護身符！」安西雅大叫一聲，把護身符向上舉起。埃及神父也把他剛從費業斯那裡搶來的護身符向上舉起。珍念了咒語。在黑暗天空下刺骨的寒風裡，下沉的船上出現了兩個大拱門。每個護身符都發出一道美麗、強烈的綠光，遠遠地照射在波濤上面。綠光也照亮了礁石黑黝黝的陡面和嶙峋的尖齒，這些礁石離船頭不到兩條船的長度。

「推羅，永遠的推羅！推羅統治大海！」那些注定要死的人的喊聲勝利地響起。四個孩子急急忙忙跑出拱門，心驚膽戰地站在費茨羅伊街的客廳裡，耳畔依然迴響著嗖嗖的風聲、格格的槳聲、船撞在礁石上的破裂聲、還有勇敢的冒險家們最後的喊叫聲，他們爲他們熱愛的城市英勇地歌唱著死去。

＊

「所以啊，另外半塊護身符又丟失了。」當孩子們把經過情形一五一十講給沙米亞德聽以後，安西雅說。

「扯淡，呸！」沙米亞德說。「不是另外半塊。那是你們原來的半塊——沒有壓碎和丟失的半塊。」

「可是它怎麼能是原來的半塊呢？」安西雅溫和地問。

「唔，當然不完全一樣。你們到手的那一塊年代要早得多，但決不是另一塊。你許願的時候是怎樣說的？」

「我忘啦！」珍說。

「我倒沒有忘，」沙米亞德說。「你說，把我們帶到你在的地方——它把你們帶去了，所以就是原來的一塊。」

「我明白了。」安西雅說。

「可是，你要記住我的話，」沙米亞德繼續說，「你們和那個神父還會有麻煩的。」

「怎麼，他跟我們很友好啊！」安西雅說。

「儘管這樣，你們對雷克・馬拉神父大人還是應該多加小心。」

「啊，我對護身符討厭透了，」西里爾說，「我們永遠也到不了手的。」

「能到手的，」羅伯特說。「十二月三日你不記得了嗎？」

「哎喲！」西里爾叫起來，「我都把它忘了。」

「我不相信，」珍說，「再說，我身體也很不舒服。」

「我要是你，在那一天之前決不再到過去去。眼下你們不到可能碰到那個埃及人的地方去比較安全。」沙米亞德說。

「我們當然會聽你的，」安西雅安慰牠，「儘管他臉上有樣東西我的確很喜歡。」

「不過我想你大概還是不願意去追他，」沙米亞德說，「你們等到十二月三日，到那時就會知道會發生些什麼。」

西里爾和珍身體很不舒服，安西雅向來聽話，所以羅伯特就沒有二話可說。他們答應了。他們當中誰也不知道，甚至沙米亞德也不知道，那值得紀念的一天將會發生些什麼。

14 衷心的願望

要是我有時間，我會告訴你許多事情。比方說，在一個大雨天，四個孩子怎樣不聽沙米亞德勸告，通過護身符變的拱門進入了金色的沙漠，在那兒看到了巍峨的太陽神殿，遇見了他們做夢也沒想到會再看見的長生鳥。長生鳥又怎樣壓根不記得他們了，直到陷入一種預言性的昏睡狀態才記起來了——如果這也算是記憶。可是，唉！我沒有時間，所以儘管那是一次萬分刺激的冒險，我也只好掠過不談了。還有，孩子們曾經同沙米亞德一起到古希臘露天賽馬場去玩，他們周圍的人的種種願望都突然意想不到地實現了，最後安西雅只好匆匆把沙米亞德抱回家，害得她錯過了一半演出。還有一次，老保姆上朋友家喝茶去了，孩子們玩令人毛骨悚然的「黑暗中的魔鬼」遊戲，玩得正起勁的時候，郵差的敲門聲把珍嚇得魂靈出竅。她去拿了信，爲了保險起見，把它們塞在衣帽架抽屜最最裡面。保險倒眞是保險，因爲接連好幾個星期她再也沒有想到它們。所有這些事兒我也只好割愛了。

當他們帶了沙米亞德去卡姆登鎭參加男孩學校舉辦的幻燈放映和報告時，發生了一件眞正的好事。報告內容完全是關於我國軍人在南非的情況，報告者在他的報告結尾說：「我希望這個房間裡的每一個男孩心中都佈下勇敢精神、英雄主義和自我犧牲的種子，我希望你們每一個人都長大成爲這個偉大帝國的高尙、勇敢、無私和優秀的公民，我們的軍人就是爲帝國慷慨地獻出了他們的生命。」

這當然成爲事實——這對於卡姆登鎮來說是個了不起的成就。

照安西雅說，報告者不幸說的是「男孩」，因爲現在她和珍即使沒有任何外來幫助也非成爲高尙和無私不可了。可是珍說：「我認爲，由於我們品質好，我們已經是這樣的人了。只有男生才要借助魔法使他們變得勇敢。」此話差點引起了一場激烈的爭吵。

我敢說，你想要知道關於釣竿、魚鉤和隔壁廚子的事兒——這從某些觀點說是有趣的，儘管從廚子觀點看並不有趣——但即使這個也實在沒有時間寫了。

唯一的一件能有時間說說的事就是魔術場歷險以及不速之客降臨——這也是事變的先兆。

這一天，秋雨敲打著玻璃窗，奏出一支陰沈憂傷的樂曲，老保姆建議孩子們去看魔術。儘管四個孩子有充分理由相信他們自己的魔術是別具一格，與衆不同的，聽見這個建議還是非常高興，所有孩子，還有不少成人，都喜歡看魔術。

「那是在皮卡迪利大街，」老保姆說，她小心地數著先令，把它們逐個地放在西里爾手裡。「在馬戲場左面不遠。外面有大立柱，有點像卡特種子倉庫，也有點像尤斯頓車站，只不過沒那麼大。」

「是的，我知道。」四個孩子同時說。

於是，他們就出發了。

可是，儘管他們沿著皮卡迪利大街左邊走，卻沒有看見像卡特種子倉庫或尤斯頓車站那樣的有大立柱的房子。

最後還是一個警察告訴他們說，魔術團眼下在聖喬治劇場演出。於是他們徒步趕到那裡，已經錯過頭兩檔節目。但是正趕上一套最精彩的把東西變出又變沒的魔術，即使他們看過更了不起的魔術，還是覺得不可思議。

「要是巴比倫人能看見這套魔術就好了，」西里爾小聲說。「他們的魔術師差遠了。」

「噓！」安西雅和另外幾個觀眾叫他別說話。

羅伯特旁邊有個空位子。當所有的目光都集中在舞台上，魔術師大衛・德萬先生從一把茶壺裡倒出一杯杯各種各樣的飲料，觀眾興高彩烈地喝著飲料的時候，羅伯特感到那個空位子有人了。他沒有感到有人坐下來。明明空著的位子，一下子忽然冒出個人來了。

羅伯特轉過頭去。空位裡忽然冒出來的人不是別人，正是雷克・馬拉——埃及神父！

雖然觀眾的目光都集中在大衛・德萬先生身上，大衛・德萬先生的目光卻集中在觀眾身上，而且碰巧特別集中在那個空位子上。他清楚地看到埃及神父突然不知從什麼地方冒了出來。

「多麼了不起的魔術，」他自言自語：「而且是在我自己的場子裡，在我的眼皮底下。我要弄明白這究竟是怎麼變的。」任何魔術，他只要看見了，沒有不會變的。

這當兒，許多觀眾的目光已轉向那位鬍子剃得精光、衣著古怪的埃及神父。

「女士們和先生們，」德萬先生抓住機會說，「這套戲法我以前從來沒有變過。頂層樓座倒數第三排第三個位子來是空的，現在坐著一個古代埃及人，保證名副其實。」

他一點也不知道他的話絲毫不錯。

這功夫，所有的目光都集中在神父和四個孩子身上，經過瞬間的目瞪口呆，全體觀眾爆發出一陣熱烈的掌聲。只有坐在雷克・馬拉另一邊的夫人向後退縮了一點。她知道剛才並沒有人從她身前經過，她後來在喝茶時對朋友說：「這件事來得太突然，使我汗毛直豎。」

雷克・馬拉好像對他引起的騷亂十分反感地小聲對羅伯特說：「我們出去吧，我有話要和你們個別談。」

「啊，不，」珍不同意。「我想看吉祥物飛蛾和口技表演。」

「你是怎麼到這兒來的？」羅伯特小聲問。

「你們是怎麼到埃及和推羅來的？」雷克・馬拉反問。「走吧，我們離開這群人吧。」

「我想不走也得走了。」羅伯特惱怒地聳了聳肩膀。他們都站了起來。

「拍擋！」坐在後面一排的一個人說。「這回他們要到後台去參加下一個演出了。」

「真要是這樣就好了。」羅伯特說。

「你自己才是拍擋！」西里爾說。於是他們就走了，觀衆向他們熱烈鼓掌歡送。

在聖喬治劇場門廳裡，他們盡力把雷克・馬拉化裝一番，但即使戴了羅伯特的帽子，穿了西里爾的披風，他在倫敦街道上走路還是非常引人注目。他們只好雇了一輛馬車，把他們身上僅有的一點錢都花光了。他們在離家幾幢房子的地方叫馬車停住，兩個女孩先進去，讓大門開著，給老保姆講她們看的魔術，又熱情邀請她和她們一塊兒喝茶，借此吸引了老保姆的注意力。當老保姆和女孩談話的時候，兩個男孩就和雷克・馬拉躡手躡腳從開著的門裡溜了進去，神不知鬼不覺地帶他上樓到了他們的臥室。

兩個女孩上來之後，看見埃及神父坐在西里爾的床邊，兩隻手放在膝蓋上，活像一尊國王的塑像。

「進來，」西里爾不耐煩地說，「他不等我們到齊死也不肯開口。把門關上好不好？」門關上後，埃及神父開口了：

「我的利益和你們的利益是一致的。」

「眞有意思，」西里爾說，「要是你在一個文明國家裡穿了這一點點衣服繼續跟蹤我們，這個景象就更有意思了。」

「住嘴！」埃及神父說。「這是什麼國家，這是什麼時候？」

「這個國家是英國，」安西雅說，「時候比你的時候大約晚六千年。」

「這樣說起來，」埃及神父沉思地說，「護身符使我們在空間和時間裡都能來去自如？」

「大概是吧，」西里爾生硬地說。「喂，下午茶時間快到了，我們拿你怎麼辦呢？」

「你們有半塊護身符，我也有半塊護身符，」埃及神父說。「現在唯一缺少的是那個把它們連起來的銷子。」

「哪裡，」羅伯特說。「你的半塊就是我們的那半塊。」

「可是，同一東西不能在同一地方、同一時間卻又不是一個而是兩個，」埃及神父說。

「瞧，這就是我的半塊。」他把半塊護身符放在泡泡沙床罩上。「你們的在哪兒？」

珍留意著別人的眼睛，解開護身符的繩子，把護身符放在床上，不過距離很遠，埃及神父抓不著。西里爾和羅伯特站在神父身旁作好準備，只要他一隻手向他們的魔寶物伸過去一點點，就向他撲上去。但是神父的手並沒有動，只是一雙眼睛睜得大大的，其他人的眼睛也都睜得大大的，因爲神父放在床上的護身符忽然動了起來，就像鐵被磁石吸引一樣，它從潔白的床罩上被還保持著珍脖子上熱氣的護身符吸過去，越來越近，最後，就像沾滿雨水的玻璃窗上一滴水和另一滴水混合，就像一粒水銀溶入另一粒水銀，雷克．馬拉的半塊護身符滑進另半塊護身符，哇！那個半塊護身符變成一塊了！

「妖法！」雷克．馬拉大喊一聲，撲過去搶那塊把他的護身符吃掉的護身符。可是安西雅搶先一步把它拿到手。在這同時，一根繩子套在神父頭上，把他向後猛拉。神父越往前跳，繩子越收得緊，他還來不及用力扭脫，羅伯特已經把他的雙臂捆住，把繩子在他背後打了圈結，縛在床柱上。神父亂扭亂踢，四個孩子把他制伏，用更多繩子把他的兩隻腳捆住。

「我早料到他會搶的，所以已經從儲藏室拿了繩子準備好了。」羅伯特一邊把最後一個結收緊，一邊氣喘吁吁地說。

兩個女孩臉色煞白，稱讚他有先見之明。

「放開我！」雷克．馬拉狂怒地叫道，「不然我要用太陽神的七個秘密詛咒讓你們死。」

「死了恐怕就不能放你了。」羅伯特回敬。

「別吵啦！」安西雅火了。「他對這樣東西和我們一樣有權利。這個，」她拿起把另一個護身符吃掉的護身符，「這個護身符是我們的，但是他的護身符也在裡面。我們分著用吧。」

「放開我！」神父拼命掙扎著叫喊。

「聽著，」羅伯特說，「你要是再鬧，我們要開窗叫警察——警察就是衛兵——對他們說你要搶我們東西。你閉上嘴聽我講道理好嗎？」

「看來也只好如此了。」雷克．馬拉繃著臉說。

可是，怎麼對他講道理他也不聽，四個孩子只好躲在老遠一個角落裡臉盆架和毛巾架旁邊商量，商量得很久也很熱烈。

最後，安西雅離開伙伴，回到神父跟前，好聲好氣地說：

「聽著，我們想和你交朋友。我們想幫助你。我們來訂個協議吧。我們共同享有護身符——我是指整個護身符。這樣它既是我們的，也是你的，我們就都能實現我們衷心的願望了。」

「花言巧語種不出洋蔥。」神父說。

「我們說『花言巧語種不出蘿蔔』，」珍插嘴。「可是你難道不明白我們想要幹得公正嗎？我們只希望讓你受榮譽和正派行爲的約束。」

「你願意公正地對待我們嗎？」羅伯特問。

「願意，」神父說。「我以太陽神祭壇下面寫的神聖和秘密的名字起誓，願意公正地對待你們。你們也願意宣誓光明磊落地和我合作嗎？」

「不，」安西雅馬上回答，然後相當輕率地說，「我們英國人是不宣誓的，除非在治安法庭上，那兒有衛兵，你知道，你是不願意上那兒的。可是當我們說我們願意做一件事——這對我們來說和宣誓是一樣的——我們就一定會說到做到。你相信我們，我們也相信你。」她開始把神父腳上的繩子解開，兩個男孩也趕緊把他身上的繩子解開。

神父身上的繩子都解開後，他站了起來，伸伸胳膊，哈哈大笑說：

「我力氣比你們大，我宣的誓是無效的。我沒有以任何名義宣誓，我的誓也毫無作用，因爲太陽神祭壇下而根本沒有秘密、神聖的名字。」

「啊，有的！」床下響起一個聲音，所有人都吃了一驚，雷克．馬拉受驚最厲害。

西里爾彎下腰，把沙米亞德睡在裡面的沙盆拉出來。

「你雖然是太陽神殿的神父，可是你並不是什麼都知道，」沙米亞德邊說邊搖著身體，直到身上的沙子沙沙地落在盆邊上。「太陽神殿祭壇下的確有一個秘密、神聖的名字。要我叫那個名字嗎？」

「不要，不要！」神父害怕地叫道。

「不要，」珍也說：「別叫什麼名字。」

「而且，」雷克・馬拉說，他的棕色皮膚變得煞白，「我本來是要說儘管祭壇下面沒有任何名字——」

「有的！」沙米亞德威嚇地說。

「好吧，即使從前是沒有的，我仍然會遵守你們那正直得出奇的國家不用語言宣的誓，我既然已經說過要做你們的朋友，我就說到做到。」

「這就好了，」沙米亞德說。「下午茶鈴聲響了。你們打算拿你們的這位傑出的伙伴怎麼辦呢？他可不能像這個樣子下樓去喝茶啊。」

「我們在十二月三日也就是找到整塊護身符之前什麼事情都不能做，」安西雅說：「現在我們拿他怎麼辦呢？」

「儲藏室，」西里爾斬釘截鐵地說，「把他的飯偷偷送進去。這挺好玩的。」

「就像一個飛快逃命的騎士躲避憤怒的圓顱黨人❶。」羅伯特說：「行。」

於是乎，雷克・馬拉就被帶到儲藏室，讓他盡可能舒適地待在角落裡一塊兒童室防護板和一只大四柱床的殘骸中間。他們給他一只放滿零星布料的大袋袋，讓他坐在上面，又從門上釘子上拿下一件蟲蛀的舊皮大衣給他保暖。他們喝完茶，也給他送了點去。他一點不喜歡茶，麵包黃油還有蛋糕他倒挺喜歡。晚上，他們輪流陪伴他，讓他快快樂樂地過了一夜。

誰知，第二天早晨他們捧了一盆燻鯡魚上去——這是他們早飯每人省四分之一省下來的——雷克・馬拉卻不見了！角落裡布料袋和破大衣還在，人卻沒了！

「謝天謝地！」這是每個人心裡第一個愉快的念頭。第二個念頭就不那麼愉快了，因爲每個人立刻想起，既然他的護身符被他們的護身符吃掉了——它又一次掛在珍的脖子上——他就沒有辦法回到過去的埃及了，所以他一定還在英國，可能就在他們附近什麼地方，想要搗鬼呢！

爲了防止出錯，他們把閣樓搜查了一遍，可是一無所獲。西里爾就說了：

「我們所能做的最好的事情，是通過半塊護身符去把整塊護身符弄到手再回來。」

「我不知道，」安西雅拿不定主意。「這公平嗎？也許他並不是一個下流的騙子。也許他出事了。」

---

❶圓顱黨人：一六四二——一六五二英國內戰期間議會派成員，因爲頭髮剪成半圓形，故名。

「出事？」西里爾說。「決不！再說，能出什麼事呢？」

「我不知道，」安西雅說。「也許晚上小偷進來，不小心把他殺了，爲了避免發現，把他的屍體扛走了。」

「不，不！」珍渾身發抖。「我們去告訴沙米亞德，聽聽他的意見吧。」

「不，」安西雅說，「我們還是去問問學者先生吧。要是雷克．馬拉眞的出了什麼事，學者先生的意見要比沙米亞德的意見有用得多。學者先生以爲這不過是個夢，他向來這樣認爲的。」

他們敲了學者先生的門，聽見一聲「進來，」就進去了。學者先生正坐在他一口未動的早飯前面，對桶安樂椅裡坐著的不是別人，正是雷克．馬拉！

「噓！」學者先生一本正經地說，「噓！對不起，要不然夢就醒了。我在學……啊，這一個鐘頭裡我學到了多少東西啊！」

「天濛濛亮的時候，」神父說，「我離開了躲藏的地方，發現自己置身在來自我自己國家的這些寶物中間，就留下了。不知怎的，我在這兒感到更舒適自在。」

「當然我知道這不過是個夢，」學者興奮地說。「可是，神，神啊，這是什麼樣的夢！啊……」

「不要叫神，」雷克．馬拉說，「萬一來了大的神仙，你會吃不消的。他和我，」他向孩子們解釋道，「已經是兄弟了，他的幸福對於我就像我自己的幸福一樣重要。」

「他告訴我說，」學者先生剛說了一句，就被羅伯特打斷了。眼下不是講禮貌的時候。

羅伯特問神父：

「你把護身符的事兒講給他聽了嗎？」

「沒有。」雷克・馬拉回答。

「那就講吧。他非常有學問。他也許能告訴我們該怎麼做。」

雷克・馬拉遲疑了一下，就講了。也眞怪，後來四個孩子中沒有一個能記得他到底講了些什麼。也許他用了一種魔法不讓他們記住。

當他講完後，學者先生把胳膊肘撐在桌子上，一隻手托住頭，默不作聲。

「親愛的吉米，」安西雅柔聲說，「別擔心。我們今天肯定能找到它的。」

「是的，」雷克・馬拉說，「說不定找到了，命也沒了。」

「它能使我們衷心的願望獲得實現。」羅伯特說。

「誰知道黑門外面有什麼想像不到的、好得不得了的東西呢。」雷克・馬拉說。

「啊，別說了！」珍說，差點哭出來了。

學者先生突然抬起頭來說：

「爲什麼不趁護身符沒有受監視的機會回到過去呢？」

這是天底下最簡單的事！可是偏偏沒有人想到過。

「去吧，」雷克・馬拉跳起身說。「馬上就去！」

「我——我可以去嗎？」學者先生怯生生地問。「你知道，這只不過是個夢。」

「啊，老兄，歡迎你一起去，」雷克・馬拉剛說了一半——

西里爾和羅伯特就異口同聲地叫了起來：

「不！」

羅伯特還加上一句：

「你沒有和我們一塊兒去過亞蒂蘭提斯，要不然你就會了解得更清楚，你就不會同意讓他去的。」

「親愛的吉米，」安西雅說，「請你別要求和我們一塊兒去。我們去去就回來，你還來不及知道我們去了，我們就已經回來了。」

「他也去？」學者指指雷克・馬拉。

「我們必須待在一起，」雷克・馬拉說，「因爲完整的護身符只有一塊，我和這些孩子對它同樣享有權利。」

珍把護身符向上舉起，同時念了咒語。

雷克・馬拉第一個走，大家都走進了護身符變的大拱門。

學者先生看見黑暗的拱門裡突然出現一道熱氣騰騰的亮光。他擦擦眼睛。他只擦了十秒鐘。

*

孩子們和埃及神父是在一個黑暗的小廳裡。變動的光線從巨大的正方形石門射進來，許多個聲音在反覆吟頌一支緩慢而奇怪的讚美詩。他們站著傾聽。時不時吟誦加快，光也更亮，彷彿火上添加了燃料。

「我們是在什麼地方呀？」安西雅小聲問。

「在什麼時候？」羅伯特小聲問。

「這是接近信仰起源的某一座神殿，」埃及神父聲音顫抖地說。「快拿了護身符走吧。這是世界初期，冷極了！」

這當兒，珍覺得她的手碰到了一塊石板，手下面出現了一樣東西，和許久以來一直掛在她脖子上的護身符相似，只不過略微厚一點。厚一倍。

「它在這兒！」她叫起來。「我得到它了！」她幾乎不認得她自己的聲音了。

「快走吧！」雷克・馬拉又叫了一聲。

「我眞想多看看這座神殿。」羅伯特依依不捨地說。

「走吧，」雷克・馬拉催促道，「到處都是死亡和厲害的魔法。聽啊。」

吟頌聲好像變得更響更強烈了，光也更亮了。

「他們來了！」雷克・馬拉叫道。「快，快，護身符！」

珍趕緊把護身符向上舉起。

「快走，這裡到處是死亡和厲害的魔法！」

*

「你擦眼睛擦了這麼長時間！」安西雅說。「你不看見我們已經回來了嗎？」

學者不作聲，僅僅瞪大眼睛向她望著。

「安西雅小姐！珍小姐！」是老保姆的聲音在叫，比平常響得多、尖得多、也興奮得多。

「眞討厭！」大家一齊說，西里爾接著說：「吉米先生，你再做一會兒夢吧，我們馬上回來。我們要是不下去，保姆會上來的。她不會認爲雷克・馬拉是個夢。」

於是，他們都下去了。老保姆在過廳裡，一隻手拿著一個桔黃色的信封，另一隻手拿著一張粉紅色的紙。

「你們的父母要回來了。『十一時十五分抵達倫敦。按前信所說準備房間。』下面是他們兩個人的簽名。」

「好哇！好哇！好哇！」兩個男孩和珍一齊歡呼。可是安西雅喊不出聲，她都快哭出來了。

她用低得幾乎聽不見的聲音說：

「啊，這麼說這是眞的了！我們衷心的願望終於實現了！」

「可是信不知是怎麼回事。」老保姆說，「我沒有收到什麼信呀！」

「啊，」珍聲音古怪地說。「不知道是不是那些信當中的一封……那天晚上我們在玩『黑暗中的魔法』時收到的——我把它們放在衣帽架抽屜裡，衣服、刷子後面——」她邊說邊把抽屜拉開——「在這裡！」

有兩封信，一封是給老保姆的，一封是給孩子們的。信裡說爸爸已經完成戰地記者採訪任務要回家了，媽媽和小弟到意大利去接他，然後一同回來。信裡還說小弟和媽媽身體都挺好，動身前會打電報通知回家的日期和時刻。

「噯呀！」老保姆說，「你眞害人不淺，珍小姐。我可要爲你們父母忙得不亦樂乎了！」

「沒關係，保姆，」珍抱住她說，「這豈不開心嗎？」

「我們會來幫你的，」西里爾說。「樓上還有一件事需要我們去解決，回頭我們會都來幫你的忙。」

「去你們的吧，」老保姆說，可是她笑得挺歡。「你們只會幫倒忙，我領教過了。何況現在都已經十點鐘了。」

＊

事實上，樓上的確「有件事」需要他們解決。而且是件相當重要的事。花的時間要比他們預料的多得多。

他們一陣風地衝進男孩們的房間把沙米亞德捉住，沙米亞德渾身是沙，火氣很大。

「無論它身上有多少沙，火氣多大，都無所謂，」安西雅說，「最後一次會議反正非有它參加不可。」

「學者先生看見它會大吃一驚的！」羅伯特說。

可是，學者先生並沒有大吃一驚。當雷克・馬拉把沙米亞德的情況向他解釋清楚後，他大叫起來：

「夢越來越神奇了，我以前也夢見過這隻野獸。」

「現在，」羅伯特說，「珍有半塊護身符，我有整塊護身符。拿出來吧，珍。」

珍解開繩子，把她的半塊護身符放在桌子上，桌子上堆滿髒兮兮的紙，黏土圓筒上刻滿小小的記號，活像小小的鳥腳留下的小小的痕跡。

羅伯特把整塊護身符放在桌子上，學者急切地伸出手要去抓那「完美的標本，」被安西雅輕輕地阻止了。

接著，就像以前在泡泡紗床罩上，現在是在堆滿髒兮兮的紙和古玩的桌上，半塊護身符抖動了一下，然後，就像鐵被磁石吸引一樣，護身符被從髒兮兮的手稿上吸過去，越來越接近還保持著羅伯特衣袋裡的熱氣的整塊護身符。最後，就像沾滿雨水的玻璃窗上一滴水和另一滴水混合，一粒水銀溶入另一粒水銀，孩子們的也是雷克・馬拉的半塊護身符滑進整塊護身符，哇！桌子上只有一塊護身符——完整的護身符。

「功德圓滿了！」沙米亞德打破了一陣揪心的靜默。

「是的，」安西雅說，「我們衷心的願望也實現了。爸爸媽媽還有小弟今天要回來了。」

「可是，我怎麼辦呢？」雷克·馬拉問。

「你的衷心的願望是什麼？」安西雅問。

「博大精深的學問，」雷克·馬拉不加思索地回答。「比我的國家和我的時代任何一個人更博大精深的學問。但是過於博大的學問是無用的。要是我回到我自己的國家和自己的時代，把我在未來看到的一切講出來，誰又會相信呢？讓我留在這兒，做一個對我那時代發生的事無所不曉的人吧，那個時代下我是那麼新鮮，對你們卻是那麼古老，你們一些有學問的人對它無休止地進行思考推測，而他告訴我，到頭來往往是竹籃打水一場空。」

「我要是你，」沙米亞德說，「我會聽聽護身符的意見。硬要生活在一個不是你自己的時代是危險的。你呼吸一種比你的肺晚幾千年的空氣，遲早會受到影響的。還是站成一圈，向護身符請教吧。」

「啊，多奇怪的夢！」學者叫起來。「親愛的孩子們，你們如果愛我——我相信你們在夢中或不在夢中都愛我的——就站成一圈，向護身符請教吧！」

於是，他們就照做了。就像從前曾經有一次，八月的太陽燦爛地照耀著一樣，他們站成一個圈子蹲在地板上。外面大霧迷漫，大概是天意使然，每逢牛展周總是這種天氣。街上小販們在高聲叫賣。「烏——尼考——塞奇，」珍念了咒語。一剎那間，光滅了，所有的聲音也都沒了，四下裡一片寂靜和黑暗，想像不出的寂靜和黑暗。就像聾和瞎，只不過比聾還要靜，比瞎還要黑。

四下裡一片寂靜和黑暗

接著，就在天邊的黑暗和寂靜裡傳來一道光和一個聲音。光微弱得看不見任何東西，聲音輕得聽不出它在說些什麼。可是光逐漸亮起來，聲音也逐漸響起來。光是這樣一種光，任何人都不能睜大眼睛向它望，不能靠它生存，聲音是天底下最最甜蜜、最最可怕的聲音。孩子們垂下了眼睛。所有的人都垂下了眼睛。

那聲音說：「我要說話了。你們想要聽什麼？」

停頓了一會兒，誰都不敢說話。

「關於雷克・馬拉我們應

該怎麼辦？」最後還是羅伯特壯起膽子問。「他應該通過護身符回到他自己的時代呢，還是——」

「現在任何人都不能通過護身符到任何地方或任何時代去。只有在它不完整的時候才能這樣做。」美麗而可怕的聲音說。「不過人們可以通過完整的護身符達到完美的結合，它是不受時間或空間限制的。」

「麻煩你說我們聽得懂的話好嗎？」安西雅生生地說。「沙米亞德說雷克・馬拉不能在這兒生存，要是他回不去——」她停住了，她的心好像都跳到嗓子眼裡了。

「沒有人能在一個不是命中注定的地方和時代生存下去，」那美妙得出奇的聲音說。「但是一個靈魂卻能生存下去，只要在那另一個地方和時代有一個和它十分相似的靈魂給它庇護，使兩個靈魂在一個身體裡合併成一個靈魂。」

孩子們灰心喪氣地互相交換目光。可是雷克・馬拉和學者的目光卻接觸了，互相十分親切，互相作出許多保証，秘密、神聖而且非常美麗的保証。

安西雅看見了這種目光。她說：

「可是親愛的吉米的靈魂和雷克・馬拉的靈魂完全不同。肯定不同。我不想無禮，可是它們就是不同。親愛的吉米的靈魂和黃金一樣好——」

「不好的東西是無法從完整的護身符的雙重拱門下通過的，」聲音說。「只要雙方願意，你們就念咒語，讓兩個靈魂永遠結合成為一個吧。」

「要我念嗎？」珍問。

「念。」

「念。」

這兩個聲音是埃及神父和學者先生的，聲音親切、真誠，充滿了對偉大事物的希望和渴求。

於是乎，珍就從羅伯特手裡拿過護身符，把它在兩個男人之間向上舉起，最後一次念了咒語：

「烏——尼考——塞哥。」

完整的護身符變成了雙重拱門，兩個拱門相互傾斜，成為一個巨大的A。

「A代表Amen（阿蒙），」珍小聲說，「他是阿蒙神殿也就是太陽神殿的神父。」

「噓！」安西雅叫她別作聲。

雙重大拱門在打從珍念咒語那會兒起就出現的綠光中閃閃發亮——比另一個光更亮，然而更柔和——說不出的清新美麗、輝煌奪目。

「來吧！」雷克・馬拉伸出雙臂叫道。

「來吧！」學者先生也伸出雙臂叫道。

兩個人都在完整的護身符的光輝燦爛的拱門下向前走去。

於是乎，雷克・馬拉抖動了一下，就像鐵被磁石吸引一樣，他在魔拱門下被學者先生吸了過去，離學者先生越來越近。接著，就像沾滿雨水的玻璃窗上一滴水和另一滴水混合，就像一粒水銀溶入另一粒水銀，雷克・馬拉——埃及神父——被吸進了吉米——善良、受愛戴的學者——身體裡，兩個人合爲一體了。

轉眼前，又是明亮的白天，十二月的太陽當空照耀著。霧已經像夢一樣消散了。護身符在——它小而完整，拿在珍手裡——孩子們在，沙米亞德在，學者先生也在，可是雷克・馬拉，或者雷克・馬拉的身體，卻不在了。至於他的靈魂……

「啊，醜東西！」羅伯特大叫起來，一腳把一條蜈蚣踩得稀巴爛，這條蜈蚣有你的手指那樣長，正在學者先生腳旁一扭一扭地爬。

「那是雷克・馬拉靈魂中的壞東西。」沙米亞德說。

一陣死樣的寂靜。

最後，珍說：「那麼，雷克・馬拉變成他了？」

「雷克・馬拉身上所有的好東西都變成他的了。」沙米亞德說。

「他的衷心的願望一定也實現了。」安西雅柔和地說。

沙米亞德說：「他的衷心的願望是你們手裡拿著的完整無缺的護身符。是的，自從他第一次看見半塊殘缺的護身符以來，這一直是他衷心的願望。」

「我們的護身符也到手了。」安西雅輕輕地說。

「是的，」沙米亞德說，他的聲音異乎尋常地凶。「你們的父母要回來了。我怎麼辦？他們會發現我，把我拿出來示眾，想盡一切辦法貶低我。他們會讓我進議會──討厭的地方──全是泥沒有沙。沙漠裡那個美麗的太陽神殿多好啊！那兒有許多上好的沙，沒有政治！我希望在那裡平平安安地待在過去。」

「你要是能夠就好了。」學者先生心不在焉地說，可是態度非常客氣。

沙米亞德使自己的身體膨脹起來，一雙蝸牛般的長眼睛向安西雅戀戀不捨地看了最後一眼──她後來老是說而且認爲這是充滿深情的一眼──就消失無蹤了。

「哎，」靜默了一會，安西雅說，「我想它很快樂。它唯一眞正關心的東西就是沙。」

「親愛的孩子們，」學者先生說，「我剛才一定睡著了。我做了一個最最奇怪的夢。」

「但願是個好夢。」西里爾彬彬有禮地說。

「是的……我覺得自己脫胎換骨，是個新人。絕對是個新人。」

「他們來了！」羅伯特叫道，四顆心砰砰地跳起來。

前門有人按鈴。門開了，傳來說話的聲音。

「拿去！」安西雅奪過珍手裡的護身符，把它塞在學者先生手裡。「這是你的了──你自己的了──我們送給你的禮物，因爲你既是雷克．馬拉，又是……我是說，因爲你是天底下最好最好的人！」

她短暫而熱烈地擁抱了他，四個孩子飛也似地跑下樓梯到門廳，那兒，一個出租車車夫正在把箱子拎進來，那兒，旅行服穿得厚厚的，是他們衷心的願望——媽媽爸爸和小弟。

*

「天哪！」學者先生說，這時房間裡只剩下他一個人了，「天哪！多好的寶貝！親愛的孩子們！八成是他們的感情使我增長了這些光輝的見識。我彷佛看見了許多許多東西——我以前從未見過的東西！親愛的孩子們！親愛的、親愛的孩子們！」

〈全書終〉

國家圖書館出版品預行編目資料

護身符的故事／伊迪絲 ‧ 內斯比特／著；朱曾汶／譯
-- 二版 -- 新北市：新潮社文化事業有限公司，2022.10
面：　公分
譯自：The Story of The Amulet
ISBN：978-986-316-846-1（平裝）

873.596　　111011663

護身符的故事

伊迪絲 ‧ 內斯比特／著

朱曾汶／譯

【策　劃】林郁

【企　劃】天蠍座文創

【出　版】新潮社文化事業有限公司

電話：(02) 8666-5711

傳真：(02) 8666-5833

E-mail：service@xcsbook.com.tw

【總經銷】創智文化有限公司

新北市土城區忠承路 89 號 6F（永寧科技園區）

電話：(02) 2268-3489

傳真：(02) 2269-6560

印前作業　菩薩蠻、東豪印刷事業有限公司

二　　版　2022 年 10 月